智慧公主马小岚纯美爱藏本26

天下无双

tianxia wushuang
de gongzhu

的公主

马翠萝 著

化学工业出版社

·北京·

原版书名：公主传奇　天下无双的公主　原版作者：马翠萝

本书为新雅文化事业有限公司授权化学工业出版社有限公司在中国内地出版中文简体字版本。

本书仅限在中国内地（大陆）销售，不得销往中国香港、澳门和台湾地区。

未经许可，不得以任何方式复制或抄袭本书中的任何部分，违者必究。

北京市版权局著作权合同登记号：01-2022-3603

图书在版编目（CIP）数据

天下无双的公主 / 马翠萝著 . -- 北京：化学工业出版社，2022.8. --（智慧公主马小岚纯美爱藏本）.
ISBN 978-7-122-41688-9

Ⅰ. I287.5

中国国家版本馆 CIP 数据核字第 20240T9U60 号

责任编辑：张素芳　　　　　　　　装帧设计：关　飞
责任校对：宋　玮

出版发行：化学工业出版社（北京市东城区青年湖南街 13 号　邮政编码 100011）
印　　装：河北京平诚乾印刷有限公司
880mm×1230mm　1/32　印张 6¼　字数 100 千字　2025 年 1 月北京第 1 版第 1 次印刷

购书咨询：010-64518888　　　　　　售后服务：010-64518899
网　　址：http://www.cip.com.cn
凡购买本书，如有缺损质量问题，本社销售中心负责调换。

定　　价：25.00 元

目 录

◆ 周晓星 ◆

周晓晴的弟弟，一个风趣幽默的淘气精，不时有天马行空的奇怪想法。

◆ 马小岚 ◆

来自香港的乌莎努尔公主，聪明美丽、正直善良，敢于向困难挑战，最喜欢说的话是"天下事难不倒马小岚"。

✦ 万卡

乌莎努尔公国第十九代国王，风度翩翩、英勇果敢。是国民眼中的好君王，小岚和晓晴、晓星心目中的暖心大哥哥。

✦ 周晓晴

马小岚的好朋友，漂亮活泼，喜欢打扮，最常做的事是和弟弟斗气。

第 *1* 章
反弹琵琶的小仙女

  黄昏，天边的云霞在调皮地变着魔术，一会儿变成一只粉红色的小狗，一会儿变成一朵金黄色的菊花，一会儿又变成一匹粉蓝色的骏马……橙色的夕阳不眨眼地看着云霞变幻，不想离开，但是禁不住黑夜妈妈的声声呼唤，无奈地、一步三回头地落到山的那边去了。

  黑夜嗖地把夜幕拉上，留下柔和的月亮和繁星点点，继续与人间的万家灯火争辉。

  坐落在明珠湖畔、富丽堂皇的乌莎努尔皇家大剧院，正门前面的广场人头攒动，许多人拿出手机，启动拍照功能，用流光溢彩的大剧院作背景，留下自己美好的回忆。

大剧院里华灯璀璨、富丽堂皇，乌莎努尔举办"中国文化年"，今晚会在这里举行揭幕晚会。盛装的出席者陆续入座，他们兴奋地小声交谈着、议论着刚刚收到的消息，等会儿皇帝陛下万卡会和美丽的小岚公主一起，作为主礼嘉宾主持揭幕仪式呢！

国王日理万机，竟然抽时间出席一次文化活动，他真的很重视这"中国文化年"活动啊！不知道是因为他是中国人的后裔？还是因为他最爱的小岚公主来自中国的香港呢？

七点五十五分，离八点的开场时间还有五分钟，出席活动的人已经全部进场完毕，而原先热闹的观众席也慢慢地安静下来。

忽然，从靠近舞台的入口处传来一阵脚步声，人们纷纷看过去，只见一名身穿中国古代侍卫服装的高大青年操正步走了进来，他砰地一下两脚一并，喊道："国—王—驾—到—公—主—驾—到—"

观众全部起立。

十名身穿中国汉代宫女服的女孩，每人手提一盏红灯笼，迈着小碎步婀娜多姿地从入口处走了进来，她们分左右两排站定，留出中间一条通道，紧接着，一男一女两个人手牵手走了进来。

这两位，男的十八九岁，身型挺拔、气宇轩昂，穿一身汉朝皇帝的衣服，上衣黑色，绣红色飞龙纹，下裳红色，用黑丝线绣上云纹，头上的通天冠前后垂下的珠子，随着走动而微微摆动着；女的十六七岁，明眸皓齿、顾盼神飞，身穿水红色与黑色配搭、边缘绣着云纹的曳地深衣*，腰间一条水红色束带，走起路来显得仙气缥缈……

为配合中国文化年的汉家元素，国王陛下和公主殿下都穿上了汉服！

本来就样貌出众的国王穿上汉服，更增添了威严和儒雅，人没走近，一股帝王气势就扑面而来；本来就漂亮的公主穿上汉服，更显体态窈窕、端庄美丽，就像从画里走出来的古风小仙女……

国王和公主的出现，让璀璨的华灯为之黯淡，瞬间炫亮了所有人的眼睛。剧场顿时沸腾起来，人们激动地高喊着：

"国王陛下万岁！"

"公主殿下万岁！"

万卡国王和小岚公主微笑着朝人们挥手致意，然后在工作人员的引领下，坐到了第一排正中的位置。

---

*深衣：一种上衣与下裳相连的中国古代服装。

激动的人们慢慢安静下来，大家的注意力回到舞台上，这时，厚重的暗红色幕布缓缓上升，阔大的舞台露出了它的真容。

只见半圆形的舞台上，有十名穿着汉服、或坐或站的年轻女子，她们或抱琵琶，或握二胡，或抚古琴，或敲编钟，或弹瑟击鼓，或吹箫吹笛吹埙吹笙，十个人一动不动有如一组美丽的塑像。

熟悉中国文化的观众都觉得眼前一亮，那是中国古代十大乐器啊！

这时，身穿小西服的晓晴和晓星，从台侧走了出来，晓晴用清脆的声音宣布："敬爱的国王陛下、尊敬的公主殿下、女士们、先生们，中国文化年揭幕典礼现在开始！"

接着，一本正经的晓星说："下面有请这次活动的统筹委员会秘书长宾罗先生讲话。"

笑容满脸的外交大臣宾罗走上了舞台，他说："尊敬的国王陛下、尊敬的公主殿下、女士们、先生们，大家晚上好！中国跟乌莎努尔的关系友好密切，我们的第一任国王就是中国人。建国几百年来，中国文化对我国的影响巨大，汉语成了我们的第二语言，几乎每一名乌莎努尔人都会说汉语写汉字；中国的习俗也进入了我国，春节、中秋节、

端午节等中国节日正式列入了我们的十大节日之中；中国的艺术为我们喜闻乐见，京剧、越剧，还有杂技等，成了我们喜爱的娱乐项目；中国优美的唐诗宋词和博大精深的成语，更是融进了我们的文化中，被人民大众欣赏和运用。今天是中国文化年启动的日子，我们将在之后一年里，举办各种中国文化展览及中国美食节，演出一百二十场中国传统戏剧，举办全国成语大赛和六国青少年成语赛……"

宾罗大臣是乌莎努尔著名的"中国通"，所以提起中国文化就眉飞色舞、滔滔不绝。

哗啦啦……宾罗大臣的发言博得了台下一阵阵掌声。

宾罗大臣讲话完毕，两位小司仪邀请国王和公主上台，为中国文化年揭幕。

在如雷的掌声中，万卡牵着小岚的手走上了舞台，站在中央位置，朝台下的民众挥手致意。一根圆形的玻璃柱子在他们面前缓缓上升，柱子上端是一颗巨大的玻璃球。

玻璃球在万卡和小岚的面前停住了。万卡笑着看了小岚一眼，小岚微微点头，两人一个用左手一个用右手，按到玻璃球上。

玻璃球瞬间亮了，发出了晶莹剔透的七彩光芒，耀眼夺目。紧接着，音乐响了，身后厚重的幕布缓缓升起，早已站在幕布后面的一百名打扮成中国古代娃娃的儿童，手摇花束跑了过来，围着国王和公主跳起欢乐的舞蹈。

万卡和小岚喜笑颜开，随着音乐鼓着掌，台下观众也鼓起掌来，整个会场充满了热烈和喜庆的气氛。

开场舞在小朋友的欢呼雀跃中结束，万卡牵着小岚的手走下了舞台，回到座位上。晓晴手持话筒上台报幕："中国文化年揭幕晚会现在开始。第一个节目——霓裳羽衣舞。"

"哗哗哗……"又是一阵热烈的掌声。

霓裳羽衣舞是唐代著名的宫廷乐舞，传说是由唐玄宗李隆基作曲，杨贵妃编舞。原舞已失传，现今的表演是根据文字记载和诗歌描写想象重新创作的。

音乐声起，优美动听，令人有一种处身虚幻仙境中的感觉，一名打扮成仙女模样的年轻舞蹈员，穿着典雅华丽的服饰，上身穿羽衣和霞帔，下身穿着一条霓虹般的淡彩色裙翩翩舞出，只见她舞姿轻盈柔美、飘逸敏捷，令人赏心悦目。

万卡扭头看了看小岚，说："记得唐朝诗人白居易在他的《霓裳羽衣歌》中是怎样描绘这段舞的吗？"

"当然记得。"小岚点点头，说，"我最喜欢这几句，'飘然转旋回雪轻，嫣然纵送游龙惊。小垂手后柳无力，斜曳

裙时云欲生……'"

"嗯，不错，用词优美，描写也很生动……"万卡还想说什么，看到晓晴站在台侧给小岚打手势。

小岚也看见了，她对万卡说："我去看看什么事，很快回来。"

小岚说完就朝晓晴走了过去，晓晴伸手拉着小岚，朝后台走去了。

一直到霓裳羽衣舞跳完了，小岚还没有回来。万卡有点奇怪，晓晴找小岚干什么呢？

第二个节目是表演京剧著名曲目《霸王别姬》。京剧是中国五大戏曲剧种之一，被视为中国国粹。在胡琴和锣鼓声中，扮演霸王和虞姬的演员走了上台，精彩的唱、念、做、打，很快把观众吸引住了。

万卡却有点走神的样子，他抬头看看舞台上的表演，又扭头看看舞台一侧，心里在嘀咕，小岚怎么还不回来。

眼看《霸王别姬》又演完了，晓星上台报幕，下一个节目《敦煌飞天舞》。晓星特别介绍说，"飞天"特指画在著名的世界文化遗产——中国敦煌莫高窟中的飞天神仙，是敦煌壁画艺术的一个专用名词。

随着气势磅礴的乐曲声，舞台的背景出现了敦煌莫高窟壮观的全景图。一群打扮成飞天的舞蹈演员穿着漂亮的彩衣，从舞台的一侧款款走出，她们将中国传统戏曲中的"长袖舞"加入现代舞蹈表现形式，用绸带作为舞蹈道具，充分表现出敦煌壁画中飞天仙女翩翩飞舞的轻盈美态。

壮美的莫高窟，优美曼妙的舞姿，使人沉醉的唐时乐韵，让人有一种穿越时空的感觉。

飞天仙女们慢慢跑向两侧，向舞台的深处做出划一的欢迎姿势，好像在恭迎什么尊贵的人物，投影着莫高窟壁画的幕布缓缓上升，露出了一幅绚丽多彩的敦煌壁画。

壁画上描绘的，是一群在飞花和云朵中穿行的、姿态婀娜优美的飞天仙女，她们有的手持花束，有的把一朵朵花儿往下撒，有的在吹笛子，有的在弹琵琶……壁画色彩艳丽、热烈、流畅，形成令人震撼的画面效果。

"哇！"正在惊叹的观众们突然情不自禁地喊了一声，是眼花了吗？是出现幻觉吗？因为，他们竟然看到壁画正中那个手持琵琶的女孩动了，缓慢地转动手腕和指尖，像在睡梦中慢慢醒来。待到音乐渐转激昂的时候，她轻盈地凌空跃起，又轻轻落下，衣裙随着她的动作飘飘飞扬。

那一刻，人们有个错觉：画上的小仙女活了，下凡了！

"小岚？！"万卡的眼睛忽然睁大了，因为他看见了自

己最熟悉的身影。小仙女，正是他望到脖子都长了还没回到座位上的马小岚。

"啊，这小仙女怎么好像小岚公主？"有观众也发现了。

"啊，是公主！真的是公主！"

这时，小仙女举足顿地，出胯旋身，将琵琶反手握住置于身后，做了一个优美的高难动作。

"反弹琵琶，那是反弹琵琶，难度极高的舞蹈动作！"有熟悉这舞蹈的人喊了起来。

反弹琵琶是敦煌艺术中最经典最优美的舞姿，它边奏乐边跳舞，把高超的弹奏技艺与绝妙的舞蹈完美糅合，优雅迷人地展现出来。所以有人说，反弹琵琶是大唐文化一个永恒的符号。

人们忘了鼓掌，眼睛眨也不眨地看着舞台上那个美丽的小精灵，如痴如醉……

第 2 章
无处不在的成语

十分钟后，万卡走上了后台，一路上都有人朝他鞠躬："国王陛下！"

万卡微笑着走过，疾步走向一个独立化妆室，推门进去。

"这里，这里，这里还有点胭脂……"晓星正吵吵闹闹地看着晓晴给小岚卸妆，无意中从镜子里见到万卡进来，便像只撒欢的兔子一样朝万卡窜去。

"万卡哥哥，小岚姐姐跳得怎样，是不是很惊喜？"晓星抱着万卡的胳膊撒娇。

"哼哼，竟然对万卡哥哥玩小把戏！还以为你失踪了。"万卡搂着晓星的肩膀，走到小岚身边。他轻轻地扯了扯小

岚脑后的马尾巴，以示责罚。

"哇，好疼！"小岚大喊一声。

"啊，对不起对不起，我没想到这么小小力拉一下就……"万卡吓了一跳，手忙脚乱地给小岚揉脑袋。

"哈哈，骗你的，一点不痛。"小岚哈哈大笑。"啊，小、坏、蛋！"万卡气得捏了小岚鼻子一下。

"嘻嘻，人家见你一天到晚都那么严肃，逗你一下嘛！"小岚笑完又问："跳得怎么样？指教指教。"

"简直惊呆了，我家小岚怎么这样出色呢！"万卡坐到小岚旁边，看着镜子里小岚线条优美的尖尖下巴，"看，又瘦了！你最近要考试，又要给'中国文化年'做顾问工作，怎么还有时间排练舞蹈？"

"没有啦！'反弹琵琶'我早就会跳了，在香港时学会的。所以这次演出只是和其他舞蹈演员一起排练了几次，没花多少时间。至于中国文化年的顾问工作，有晓晴和晓星帮忙呢！"小岚显得一脸的轻松。

"是呀，万卡哥哥，你别担心，有我晓星在呢，不会让小岚姐姐累着的。之后的两个大赛，我也会帮忙的。"晓星拍拍胸口，又说："小岚姐姐，我想做全国成语大赛的主持人。"

"不行，这个主持人我做最合适，你小屁孩一边玩儿去！"晓晴一只手给小岚清洁面部，一只手朝晓星挥了挥。

"是我先提出的，你不能抢！"晓星委屈地揭露姐姐的黑历史："你什么都要跟我抢！一岁时抢我的奶嘴，两岁时抢我的婴儿车，三岁时抢我的积木，四岁时抢我的小手枪，五岁时……"

小岚瞠目结舌地看着晓晴："你很有当黑社会的潜力啊！"

万卡有点好笑："晓晴原来你的虐弟历史可以追溯到这么久远。"

"有弟弟不欺负白不欺负。"晓晴理直气壮地说。

"万卡哥哥，小岚姐姐，你们看，我能活到现在是多么的不容易！"得趁两座大靠山在，煞煞姐姐的威风。晓星拼命眨眼睛，想挤出一星半点眼泪扮可怜，但没成功。

小岚素来喜欢打抱不平，她瞪了晓晴一眼，说："好，我决定了，让晓星做主持人！"

"耶！"晓星得意地朝晓晴扮了个鬼脸，"嘻嘻，这就叫作'得道多助，失道寡助'。"

"算了算了，让你一回又如何。"晓晴扮大方时，仍不忘刺激一下弟弟，"那我仍然做小岚的秘书，秘书比主持人

重要多了。"

"你……"晓星大受打击。

"好了好了，工作没有高低贵贱之分嘛，咱们都是小岚的得力小助手！"晓晴显示自己高尚的思想境界，"不是有句成语'三人成虎'吗？我们三个人要像老虎一样虎虎有生气、龙精虎猛，把成语大赛办得成功，办得精彩！"

姐姐，这下我可抓到你的"痛脚"了！之前被姐姐打击得蔫头耷脑的晓星精神一振："喂喂喂，别滥用成语，'三人成虎'不是这样理解的。它的意思是指三个人谎报城市里有老虎，听的人就信以为真。比喻说的人多了，就能使人们把谣言当作事实。"

"你乱说，三人成虎怎会是这样的意思！"晓晴这时已经替小岚卸完妆，开始收拾桌上东西。

小岚仔细地在镜子照了照，见脸上没有遗留化妆品，满意地点点头，然后说："晓星说的对。有时候理解词语是不可以望文生义的。"

"哼！"晓星反攻成功，他得意地向晓晴挑挑下巴，"这回服了吧，小岚姐姐也说我对。"

"哼，我只不过是一时记不起来而已。"晓晴耸耸肩，说："臭小孩别得意，你只不过是瞎猫碰死耗子罢了。"

小岚一听便说："哈，我们晓晴这回的成语用对了。"

晓晴很奇怪："什么，我说什么成语了？瞎猫碰死？不会不会！碰死耗子？也不对！难道是'瞎猫碰死耗子'？更不对了，成语不都是四个字的吗？"

一直在旁边笑眯眯地看着几个孩子说话的万卡，这时插进话来："成语并不都是四个字的。'瞎猫碰死耗子'还真是个成语呢！意思是偶然、凑巧。"

晓晴眼睛睁得大大的，满脸写着"真没想到"四个字。

晓星抢着说，"我还知道其他一些多于四个字的成语呢！比如'盘古开天地'、'桃李满天下'、'不登大雅之堂'、'不分青红皂白'……"

晓晴听得一愣一愣的，嘴里嘀咕着："天哪天哪，怎么'不分青红皂白'这样的句子也是成语呀！我还以为是俗语、歇后语什么的，真是颠覆我的认知了。"

小岚说："成语有大约五万条，其中四字成语占了百分之九十六，其余的百分之四由三个字到十六个字都有。"

晓晴拍了一下脑袋，说："看来回去我要恶补一下成语知识了，用一句成语形容：我有点'孤陋寡闻'。"

"嘻嘻，你才知道？用一句成语形容，算你有'自知之

明'。"晓星挖苦完自己姐姐，又问小岚："小岚姐姐，成语大赛我也想下场，我想看看自己对成语的认知达到哪个程度呢，行不？"

小岚瞧了他一眼，说："你不是想当主持吗？成语也有提到'鱼与熊掌不可兼得'，你不可以同时兼任主持人和参赛者的。"

晓星苦着脸说："可是，正如成语说的，'鱼我所欲也，熊掌亦我所欲也'，怎么办呢？"

小岚敲了他脑袋一下："不是还有之后的六国青少年成语赛吗？到时另外找人做主持，你就加入乌莎努尔成语赛队，到时候就可以大显身手了。"

晓晴举起手说："小岚，我也要参加乌莎努尔成语赛队！我会在这段时间努力补充成语知识的，到时，看我在比赛中大显神通、大显身手、一鸣惊人。哇，我太厉害了，一连说了三个成语！"

万卡在一旁哈哈大笑起来："成语果然无所不在，和我们的生活息息相关呢！"

晓星说："噢，万卡哥哥，你刚才短短一句话，就出现了无所不在和息息相关两个成语呢！"

四个人哈哈大笑起来。成语的确是无处不在，一不小心就仙女散花般"散"出来了。

"好啦，我得回去处理事情了，你们慢慢聊。今晚我去嫣明苑吃饭。"万卡拍拍晓星的肩膀，眼睛却看着小岚说话。

"好啊好啊，我叫大厨做几个你喜欢的菜。"晓星开心地拍着手，对万卡说。

晓晴眼睛骨碌碌一转，说："我负责给万卡哥哥冲一杯香甜的卡布奇诺咖啡！"

小岚笑嘻嘻地说："那我就做一个万卡哥哥爱吃的'狮子吼'。"

"哈哈哈……"小岚的话引起哄堂大笑。

之前小岚穿越时空，做了一个汉堡包当作名菜"狮子吼"糊弄那个贪吃小王子。结果小王子十分喜欢吃，回国后，开了许多家卖"狮子吼"的食店。这件事一提起大家就乐不可支。

"调皮！"万卡国王忍不住又伸手去揪了揪小岚的马尾巴。自从小岚留了长发之后，万卡国王就像调皮的小男生一样，老喜欢去揪她的头发。

"万、卡、哥、哥！"小岚眼睛睁得圆圆的，"不许揪！再揪我就……"

"怎么样？"国王很想知道小岚会使出什么秘密武器。

　　"那示范一次怎么样？"小岚狡猾地笑笑，把手一挥，"晓晴晓星，上！"

　　"咯吱咯吱咯吱……"

　　"哈哈哈，别别别……"

　　国王的秘书约翰刚好走进来，目瞪口呆地看着平日一脸严肃、指挥若定的国王陛下，被三个小屁孩弄得狼狈不堪、四处逃窜……

第 *3* 章
一块钱的版权费

　　半个月后，就是乌莎努尔成语大赛准决赛的日子。

　　国家电视台大楼前面，足有百米长的通道此刻熙熙攘攘、热闹非凡，参加由"中国文化年"活动委员会和国家电视台联合举办的成语大赛的选手们，正在陆续进场。他们是已经通过了全国第一轮选拔，从十几万人中脱颖而出的一千名幸运儿。

　　不过，他们今天会面临第二次考验，如果能击败众多对手留下来，就可以晋级到总决赛，成为三十六名选手中的一员。

　　今天也是电视台的首期录制，所以选手们都穿得特

别整齐，女选手们大都化了妆，希望在镜头前面显得漂亮些。

三名少年男女夹杂在进场的人群中，缓慢地走着，他们衣着普通，在人群中毫不起眼。可能是不想被那迎面的金灿灿的太阳晃了眼，所以三个人都戴着太阳眼镜。

"挤死了！走贵宾通道进去多好。"三人中说话娇滴滴的女孩埋怨着，又用手敲了敲身旁男孩子的脑袋，"都怨你，什么想凑热闹、体会一下选手的心情，偏要走这选手通道。"

"我也不知道这么挤呀！"男孩委屈地摸摸脑袋，说："姐姐，你又打我。之前在大食人共和国时，你不是说以后再也不敲我脑袋吗？"

"有吗？我一点不记得了。"女孩抵赖得理直气壮的。

"有啊，你明明说了！在赵市长家时，那天晚上你还给了我一颗糖，当时你说的。"男孩试图提醒女孩。

"绝对没有。"难得有个弟弟可以欺负，她得保留这个权利。

"晓星，你怎么到现在还不明白，跟你姐姐讲道理是一种很不明智的行为吗？省口气吧！"另一名女孩对男孩子提出善意的忠告。

"呜呜呜……"男孩好憋屈好无奈。

这三人是谁？对，就是你想到的，小岚和晓晴、晓星姐弟。

今天是晓星做主持，他央求小岚和晓晴来现场观看，说是请她们提出意见让他改进（其实潜台词是"求表扬"）。晓晴一听马上答应了，挑弟弟毛病是她最喜欢做的事，而小岚也想来瞧瞧选手的水平怎样。虽然乌莎努尔被中华文化浸淫多年，国民中也有很多华人后代，但他们总体对成语的认知程度如何，小岚也想亲眼看看，所以就拉上晓晴，一块来给晓星捧场了。

"嘿，你们三个也是来参加比赛的吗？哪所学校的？"突然有人从背后拍了晓星一下，又用有点沙哑的声音问道。

三个人一齐扭头看，原来是一个又高又瘦的年轻人，看上去起码有一米八几。看样子他是一个人来的，所以才主动来搭讪。

晓星回答说："我们是宇宙菁英学校中学部的，你呢？"

"哇，名校哦！"年轻人吹了一下口哨，又说，"我是城之光大学一年级学生。你们有决心入三十六强吗？我就有！我很厉害呢，进三十六强，小意思了。"

年轻人捏拳捶捶胸口，蛮有信心的样子。

晓星瞠目结舌地看着他，心想你也太会吹了吧！不过他作为主持人，当然要鼓励为主，所以像个长辈一样拍拍年轻人："有信心，非常好！"

小岚也笑着说："好，我们等会就看你力战群雄、脱颖而出。"

年轻人得意地回答："小妹妹小弟弟，你们就擦亮眼睛，看我过关斩将！"

说话间已走完了通道，踏进了选手们集合的大厅。小岚他们目的地不在这里，晓星便给年轻人挥手说再见，然后三个人继续往前走。

"嘿嘿，你们还去哪里？这里就是选手集合点呀！"年轻人朝他们喊道。

但小岚他们已拐进了一条通道，没影了。

"这'厉害哥'真有趣。"晓星想起那人就觉得好笑。

"牛皮吹得够大的，跟你有得一拼呢！"晓晴白了弟弟一眼。

小岚耸耸肩："或者人家真有本事呢！"

晓星突然想起什么，问道："小岚姐姐，成语大赛是中国电视台首创的，这次'中国文化年'采用了这个模式，要付版权费吗？"

小岚回答说："'中国文化年'的成语比赛，在表现形式上编导会做些改动，但基本概念还是中国电视台的，所以按版权法是要买版权。"

晓晴好奇地问："版权费多少钱？"

小岚故意卖关子："你们猜。"

晓星想了想说："几百万？"

晓晴一边走一边照镜子，听到这里插嘴说："听说最近一些火爆节目的引进费用已经涨到千万元以上，成语大赛这么受欢迎的节目，可能也要这个数吧！"

"说出来吓死你们。"小岚眨眨眼睛，继续装神秘。

晓晴担心地说："两千万？三千万？"

"听好。"小岚笑笑说，"一块钱。"

"一块钱？！"晓晴和晓星眼睛睁得大大的，眼珠子差点掉出来了。

"中国电视台方面说中国跟乌莎努尔是友好国家，而乌莎努尔搞'中国文化年'是为了推广中华文化，中国应该无条件支持，所以只是象征性地收了一块钱。"

"才一块钱，哇，真是没想到。"晓晴、晓星大大地感叹一番。

　　小岚说："不过，投桃报李，我给了乌莎努尔国家电视台一个建议，就是把这次成语大赛播出时的广告收益，全部捐赠给中国内地，用作兴建山区小学。"

　　"哇，这主意真棒！"晓星拍起手来。

　　"这事成了吗？"晓晴也很兴奋。成语大赛这么受欢迎的节目，一定吸引很多厂商，广告收益一定不少，可以盖很多所学校了。

　　晓星瞅了自己姐姐一眼："姐姐，你什么时候可以聪明一些？小岚姐姐的建议，会有不成的吗？"

　　"我什么时候都聪明。臭孩子，看我打你！"晓晴发飙了。

　　这时刚好到了化妆室门口，晓星"嗖"地一下推门跑了进去，把张牙舞爪的姐姐关在门外。

　　"嘿嘿嘿，别闹了，走吧！"小岚揪着晓晴继续朝前走去，在一间挂着"贵宾室"牌子的房间门口停下。

　　晓晴抬头看了看牌子上的字，说："咦，我们不是直接去控制室看电视直播吗？"

　　小岚伸手推门，说："电视台新闻部想就成语大赛的事采访我。我们在这里等吧！"

　　两个人推开门走了进去。

发现会议室里已经坐了三个人，一个是电视台的副台长彭贝斯，另外一男一女看上去有点面熟，相信是经常上电视或报纸新闻的人。

彭贝斯正在跟另外两人在说话，见到两个小姑娘走进来，还以为是参赛选手走错门了。其实他是见过小岚的，只是此时小岚被黑眼镜遮了半边脸，又穿得普通，所以没认出来。

"你们是选手吗？集合地点在楼下大厅。"彭贝斯站起来说。

小岚拿下黑眼镜，喊了声："彭台长。"

彭贝斯一惊："啊，公主殿下！"

会议室里另外两个人听到彭贝斯喊公主，才意识到原来这走进来的女孩是小岚公主，赶紧站了起来："公主殿下！"

彭贝斯赶紧过来给小岚介绍："这两位是成语大赛请来的评点专家，乌莎努尔中国文化研究院的罗伦院长，劳思教授。"

"你们好！有了你们两位加入，成语大赛更精彩了。谢谢你们支持。"小岚点头微笑着，跟两位学者握手。

女教授劳思很年轻，看上去大约三十四五岁，人很爽朗，她快言快语地说："公主客气了。我是研究中国文化的，能参加成语大赛这样的盛会，对我来说将会是一次十分享受的、奇妙的过程。幸好筹委会邀请了我，不然我死缠烂打、哭着喊着也要来呢！"

一番话弄得大家都笑了起来。

小岚也向彭贝斯和两位学者介绍了晓晴，大家坐下来，聊着有关成语大赛的话题。罗伦院长和劳思教授对中国成语有很深的认识，简直不亚于中国的专家学者，而小岚家学渊源，又在充满中华文化气息的家庭中长大，所以交谈甚欢，连晓晴时不时也插几句，时间在愉快的交流中过去了。

一个秘书模样的年轻人走了进来，见到小岚忙行了个礼，说："公主殿下，原来您已经来了。我们莫台长还去了贵宾通道迎接您呢！"

小岚笑着说："噢，真不好意思，我不知道台长会在那里等。我们刚才走了选手通道，想感受一下气氛。"

"没关系，我通知莫台长。"年轻秘书说完看了看室内其他人，问道："各位，采访组已经等在外面了，请问可以让他们进来吗？"

　　原来罗伦院长和劳思教授也是来这里准备接受采访的。

　　采访组记者进来了。贵宾室架起了一台摄影机，一名穿西装的年轻女记者首先问小岚："公主殿下，您来自中国香港，一定对中华文化十分熟悉，您能给电视观众谈一下成语的定义吗？"

　　"可以。"小岚点点头，对于成语，她再熟悉不过了，"成语是中国传统文化的一大特色，它凝聚着历史，它折射着智慧。成语是汉语中具有特定内涵的、经过长期使用、约定俗成的特定短语；成语是比词语大而语法功能又相当于

词的语言单位，有短小精悍、形象逼真、通俗易懂的特色。每一个成语几乎都有一个故事、一个典故，有它的来历。简单地说，成语就是说出来大家都知道，可以引经据典，有明确出处和典故，并且使用程度相当高的用语。"

女记者点点头说："好的，谢谢公主殿下清晰地给我们讲解了成语的定义。"

她又转头问罗伦和劳思："两位对这次成语大赛有什么期待？"

"成语在我国已经深入民心，人们写文章或说话，都喜欢加入一些成语，可以说，成语已经成了我国文化不可分割的一部分。所以，我对这次成语大赛的成功很有信心，相信这次比赛之后，将在我国引起新一轮的学习成语热潮。"罗伦的声音浑厚有力，并带着饱满的情感，有点像话剧演员。

劳思接着说："成语根植于中国五千年文明的沃土，是中华民族语言宝库中最璀璨的明珠。成语中蕴含着广博的知识，它在长期的语言运用与实践中演变发展、日益丰富，散发着无与伦比的魅力。我可以预料，接受成语、喜欢成语的人会越来越多。据我所知，现在世界上很多国家，都已经把成语融入了自己的文化……"

　　劳思说完，小岚点头表示同意："是的。喜欢成语的人还真不少，成语大赛之后，我们紧接着开始的青少年成语赛，就有不少国家报名参加，最后我们经过一番筛选，选择了包括乌莎努尔在内的六个国家代表队，一起比赛和切磋。"

　　女记者听了十分兴奋："那太令人期待了！相信这两个成语比赛一定很精彩，我们拭目以待。"

第 *4* 章
"厉害哥"果然厉害

采访结束后，小岚等一行人来到了电视台控制室，等在那里的节目总监把他们迎了进去，安排他们坐下。

迎面大墙上有一块巨大的屏幕，上面正在现场直播电视台记者采访大会选手。

女记者手拿麦克风问一名四十来岁的阿姨："请问，你是做什么工作的？你有信心入围总决赛吗？"

阿姨笑得很开心，还朝镜头比了个胜利的手势，然后说："我是个办公室文员，一向喜欢中国诗词和成语。我有信心，也一定要有信心，因为，我是来向家里人证明自己能力的。"

记者接着又问一个十岁左右的男孩："小朋友，你是自己来的吗？你能通过选拔，好厉害啊！"

"我是和妈妈、姐姐一块来的，我姐姐也入围了。"小男孩指了指旁边一个看起来十三四岁的文静女孩。

记者笑眯眯地说："哇，你们家好厉害哦！我猜猜你和姐姐今年几年级，唔，你四年级，姐姐……中二吧！"

"嘻嘻嘻，阿姨你真笨，我读五年级呢，姐姐今年读中四了。"小男孩得意地笑了起来。

被小男孩说笨的记者也不介意，哈哈地笑了几声，鼓励了两姐弟几句，又拉住旁边一个年轻人："你是中学生还是大学生？对自己有信心吗？"

"哈啰大家好！我是大一学生。"年轻人得意地朝镜头挥挥手，说，"当然有信心！我不但有信心今天能通过，还有信心在总决赛中取得好成绩。"

记者瞪大眼睛："啊，厉害厉害，你觉得自己有希望拿到冠军吗？"

"能！"年轻人把胸口拍得"嘭"的一声响，"不过，算了，做人还是谦虚点好。拿亚军吧！"

这样还算谦虚呀？！年轻人的话，惹得控制室内一片笑声。劳思教授指着屏幕嚷道："哈，这孩子我喜欢！"

节目总监点点头："记住这小子，看看他能走多远。"

小岚和晓晴没作声，只是交换了一下眼神：这不是刚才碰到的那个"厉害哥"吗！

采访完毕，镜头切换到了其中一个布置好的比赛场地，那里即将举行今天的《千人淘汰赛》中的第一回合——成语重组。

屏幕上出现了晓星的特写镜头，在他身后是鱼贯而入的第一组二十名参赛选手："各位电视观众，你们好，我是成语大赛的主持人晓星！欢迎收看今天的'千人淘汰赛'。第一关考验选手的成语组合能力。大家请看……"

镜头切到了场内其中一张像小学生课桌般大的桌子，桌子上放着二十四个小方块，晓星指着方块说："这些倒扣着的方块上都刻有一个汉字，二十四块方块里面包含了六个四字成语，选手要用这些打乱顺序的方块，把这六个成语准确地拼出来，用时最短的十名选手晋级下一关。而另外十名选手就被淘汰，即时离场。"

镜头又在站到每张桌子前的选手身上一一扫过，选手显然已知道了比赛规则，有的泰然自若信心满满，有的脸露紧张惴惴不安，有的满不在乎东张西望……

晓星对选手们说："等会儿红灯亮起，大家就开始拼成语，完成后就按一下桌子右边的按钮，工作人员就会来核实及登记完成时间。"

比赛开始了，随着总导演的一声"开始"，红灯亮起，开始计时。

因为分四个小赛场进行，所以这时墙上的大屏幕也分成了四个画面，分别显示四个赛场的情形。

选手们开始拼成语，每个人都拼尽全力，谁都不想在这轮比赛之后失败离场。

一台摄影机给了桌上的方块一个特写镜头，这时方块已经被选手翻到有字的一面，可以清楚见到那每行四个字、一共二十四个方块上的字，晓晴伸长脖子看着，嘴里念道："百一吐偷，猜快挑仙，小天过无，两不不海，里人换八，日上天间。我的妈呀，这包含了哪些成语呀！"

小岚把二十四个字在脑子飞快地拼凑着，大约三十秒钟，她脱口而出："百里挑一、两小无猜、天上人间、不吐不快、偷天换日、八仙过海。"

"啊！"晓晴张口结舌，"小岚你、你这么快就拼出来了？"

"哇，小岚公主，你好厉害！我才拼了四个成语呢！"坐在前排的劳思，吃惊地扭头看着小岚。

罗伦满脸钦佩："公主殿下，如果你报名参加，相信冠

军非你莫属了！"

小岚矜持地笑着说："两位别夸我，我会骄傲的哦！"

劳思对节目总监说："总监，之后的青少年成语赛，你一定要说服公主参赛啊，她如果不参加，我就辞了评点专家这工作。"

"呵呵，还威胁起我来了！"节目总监笑了起来，他对小岚说："公主殿下，那您一定要考虑参加了，要不有人会罢工啊！"

小岚也笑了："好啊，为了罢工事件不会发生，我考虑一下。"

几个人就这么聊了一下，比赛场里的第一场已经有结果了，最快的选手以四分零一秒完成成语拼组，果然是小岚刚才说的那六个成语。

胜出的前十名选手在工作人员的引导下，由左边舞台下去，他们有资格角逐下一轮的密室成语大比拼，争取进入总决赛。而排行十一到二十名的选手，就由右边舞台下去，被淘汰离场了。

看着那十名被淘汰的人怏怏不乐地离去，小岚都有点于心不忍。特别是一个看上去才八九岁的小女孩，哭得稀里哗啦的，边哭边喊妈妈。

　　小岚想了想，从背囊里拿出两张绿色的票，那是成语大赛总决赛的 VIP 入场券，有了它，可以到现场观看每一场的成语比赛。她朝站在一旁的电视台职员招了招手，把票交到职员手里，说："请帮我把这入场券交给刚刚落败的小女孩。"

　　职员接过票，点头说："好的，我马上去。"

　　晓晴看了小岚一眼："唉，你这人就是太心软了。这么多人落败，你安抚得了一个，还能全部都顾及吗？"

　　话未说完，画面上给了一个大男孩一个特写镜头，大男孩长得很秀气，只是此刻脸上全是沮丧，又是一个落败者。

　　"哇，花美男小哥哥哦！小哥哥好可怜！嘿嘿嘿，那位职员姐姐，请留步！"晓晴朝那个去送票的职员喊道。

　　"请把我这张 VIP 票送给那个小哥哥。"晓晴对职员说。

　　"哼哼。"小岚朝晓晴哼了两声，"刚才不知是谁说我心太软呢！"

　　"嘻嘻。"晓晴脸皮很厚，丝毫没有不好意思的样子，只是皱起了可爱的小眉头，"嗯，我们的票都送出去了，下次怎么看比赛呢？听说票很紧张，全卖出去了。"

　　"笨蛋，还来这控制室不就行了！"小岚说。

　　"没法感受现场气氛呀！"晓晴嘟起了小嘴。

　　小岚瞪她一眼："那你去把入场券追回来。"

　　"不行！送给小哥哥的东西不可以要回来的哦。"晓晴喊道，"嘿，算了吧，没气氛就没气氛。晓晴我为帅帅小哥哥两肋插刀！"

　　"啧啧啧，花痴鬼！"小岚决定鄙视眼前这个人。

　　这时，第二批选手上台了，各自站到一张小桌子前，一声开始，又进入了紧张的比赛中。

　　节目总监也在替选手紧张："哎呀，糟糕，那女孩子把好几块方块碰落地上了。"

　　劳思惋惜地直摇头："太年轻没经过大场面，看，捡东西都浪费十多秒了。"

　　罗伦院长眼睛一亮："快看，那不是刚才说自己很谦虚，准备拿亚军的小子吗？他很快呢，一下子就摆好几个成语了！"

　　晓晴跟小岚说悄悄话："厉害哥果然厉害！"

　　"叮！"有人按了按钮了。

　　是厉害哥呢！第一个完成，三十秒五。

　　"叮！"第二个完成了，三十九秒三。

　　"叮！"

　　"叮！"

终于，二十人都拼好了六句成语，全部正确，差别的只是时间长短。

比赛就是这样，赛制决定一切，你拼得再对，也得受时间快慢的限制。

厉害哥以时间最短成为该组第一名，进入了下一轮比赛。

第三批二十人的拼成语比赛，最快的三十秒九拼好，没有超过厉害哥的成绩。这场最大的亮点，是那个二年级小男孩和他姐姐都过关了。小男孩拉着小姐姐的手，得意地呲着两只小兔牙，歪着小脑袋朝镜头做胜利手势。

第四批人，第五批人……第十二批人，千人淘汰赛终于在中午一点前完成了，选手人数也只剩下了一半——五百人。这五百人还要再经过下一轮的比赛，而下一轮比赛更残酷，淘汰率更高，只留下三十六名选手。

五百名选手们回到了最初聚集的大厅，领取下一场比赛的入场证。他们都在激动地呼朋唤友，交流胜利的喜悦和对下一场比赛的信心与期待。

一星期后的五百进三十六的比赛，还有之后的两场总决赛，小岚都因为有事没能去看，具体情况都是晓星或者晓晴在晚饭时叽叽喳喳、绘声绘色地告诉她的。赛果令人

惊喜,冠亚季军三个人,竟然都是他们见过的人,冠军是"厉害哥"徐昆,亚军是两姐弟一齐入围的那个小姐姐林悠悠,而季军很出人意料,竟然是晓晴给送了一张 VIP 入场券的那个帅帅花美男。

他不是在千人淘汰赛中被淘汰了吗?

晓星给小岚解了惑:"是这样的。中途有个复活赛,没想到黄飞鸿像大神附体一样,过关斩将,在复活赛中脱颖而出。接着越战越勇,进入了十人决赛,最后得了第三名。"

"哈,他叫黄飞鸿?!"小岚愣了愣,有点好笑。这瘦瘦弱弱的花美男,竟然跟那位著名的功夫大师一样的名字!

"哈哈,不是啦,字不一样。中间那个字不是飞上天的飞,是非常的非。"晓星笑着做了说明。

小岚看了一下三人的成绩,都挺不错的。心想之后的六国青少年成语赛,就以他们为基础,再从其他参赛选手中选一些排名靠前的,组成一支高水平的队伍应该不难。

原来小岚已经决定参加这次六国青少年成语赛,并且担任乌莎努尔队的队长。

第 *5* 章
队员首次召集

今天，是六国青少年成语赛乌莎努尔代表队首次召集的日子，召集地点在国家电视台。上午八点，小岚三人收拾停当，坐上等候在嫣明苑门口的小轿车，往电视台而去。

国家电视台位于乌莎努尔首都的中心地带，总部大楼占地面积十五万平方米，总建筑面积约五十万平方米，园区共由三个建筑物组成：位于东南侧的总部大楼、位于西南侧的电视文化中心以及位于东北角的新世代艺术发展中心。

园区道路很宽大，绿化环境很好，车子进了大门之后，畅通无阻地径直开往召集地点——电视文化中心。

在护卫大叔的热心指点下，他们很快找到了集合地点——小礼堂。

小礼堂的门半掩着，离了十几米便听到里面传出热闹的声音。一个小女孩的清脆嗓音传来："这个成语的意思是饭还没有煮熟，就已经从睡眠时产生的想象中醒来。比喻不能实现的愿望。"

一个有点沙哑的男声马上接道："黄粱美梦！"

"对！"许多声音一起喊。

一个小男孩奶声奶气地问："比喻开始时声势很大，到后来就草草收场，有始无终。里面提到两种很凶的动物。"

还是那个有点沙哑的男声立刻应道："虎头蛇尾！"

"对！"许多声音继续一起喊。

一个大嗓门女高音问："泛指美好山河。第一个及第三个字是表示颜色的。"

有点沙哑的男声立刻应道："青山绿水！"

"对对对！"许多声音又再喊起来。

之后，沙哑声音的男声又一连猜中了七八个成语。门外的三个人都很吃惊，这人是谁，好厉害！

小岚推开门，只见一班人正围着一个年轻人，轮番考他。年轻人一脸得意，自信满满的。

那年轻人他们认得，正是"厉害哥"呢！厉害哥果然厉害！

"队长！"

"公主殿下！"

里面的人都是乌莎努尔代表队的队员，见了小岚进来，都纷纷打招呼。

"大家好！"小岚笑眯眯地说，她转头看看徐昆，"刚才我们在门口见识了你的厉害，了不起！"

徐昆因为早前在选手大道时把人家堂堂公主叫作小妹妹，之后见到小岚都有点尴尬。听到小岚称赞自己，他挠挠脑袋，傻笑着："嘿嘿，嘿嘿！"

小岚转脸看向队员们，说："大家有没有信心在成语赛胜出？"

"有！"声音大得要把屋顶掀起来。

"好。下面我点一下名。"

看着小伙伴们斗志旺盛的样子，小岚挺高兴的。她拿出一张名单，念道：

"徐昆。"

"到！"厉害哥胸膛一挺，应道。

"林悠悠。"

"到！"清脆悦耳的女孩声音。正是亚军、那对姐弟中的小姐姐。

"黄飞鸿。"

"到！"花美男帅气地甩了甩垂下来的刘海。

"林棣棣。"

"到！"听声音好像个小娃娃。噢，林棣棣，真是弟弟哦，是那一对姐弟中的弟弟！

小家伙虽然未能晋身冠亚季军，但比赛中的表现不俗，所以小岚把他选进乌莎努尔队了。

看着小屁孩做胜利手势、呲着小虎牙笑得得意样子，小岚忍不住摸了摸他的头发："看好你哦！"

"谢谢公主姐姐！"小家伙很神气地来了个立正、敬礼。

"霍林。"

"到！"

小岚这时停了停，朝站她对面两个长得一模一样的男孩看了一眼。

那是一对双胞胎队员，选拔时让他们入围是基于电视台制作人的要求，说可以为比赛增加娱乐性。但他们在后来的千人淘汰赛和总决赛中越战越勇，表现不俗，所以这次把他们选入了代表队。

"巴东！"

"到！"

"巴西！"

"到！"

"……"

连小岚和晓晴晓星在内的十二名队员，平均年龄十五岁，真是名副其实的少年队！

"好，那咱们就一起努力，把冠军杯拿到手，也争取让中华文化书院在乌莎努尔开办。"小岚捏捏拳头说。

"争取让中华文化书院在乌莎努尔开办？这跟六国成语赛有关联吗？怎么回事？"大家听了都纷纷问。

大家都记得，不久前，中国半官方团体——中华文化友好促进会曾通过新闻媒体表示，考虑在这附近区域开设中华文化书院。消息传开，不少国家都向该促进会发函请求，希望中华文化书院设在自己国家。

"是中华文化友好促进会的决定吗？要把中华文化书院设在六国成语赛冠军队所在国家？"徐昆眼睛发亮，十分激动。

徐昆是华侨，爷爷那辈从中国移民来到乌莎努尔的，他本人十分热爱中华文化，所以这消息对他来说格外重要。

"是的，宾罗大臣早上刚刚收到的消息，"小岚点点头，"希望学习和研究中华文化的国家很多，所以中华文化友好促进会也觉得选择困难，所以趁着这次举办六国成语赛，让中华文化书院落户冠军国家，也好让落选国家心服口服，同时成就一段佳话。"

徐昆喜笑颜开："耶，太好了太好了！我原来还准备大学毕业后就去中国学习中华文化，如果中华文化书院设在乌莎努尔，那我就不用跑那么远了。"

林棣棣蹦跳着："我也去中华文化书院读书！徐昆哥哥，我和姐姐跟你做同学！"

林悠悠姐弟也是华人后代。

"我们也去！"巴东、巴西齐声说。

他俩是乌莎努尔原住民后代，但也喜欢中华文化，所以听了这消息也十分雀跃。

小岚笑笑说："这愿望能不能实现，就看你们自己了。"

"我们拼了！"

"我们要做冠军！我们要中华文化书院！"

"好，士气不错，我看好大家。"小岚满意地点点头，又说："宣布一件事，六国成语赛初赛地点选在天域国，而决赛就定在我们乌莎努尔……"

"哇，可以坐飞机出国玩啰！"林棣棣像只兔子那样蹦着。

巴东、巴西两兄弟忙着咬耳朵："天域国的动漫手办种类特别多，问老爸要多点钱……"

林悠悠眼睛一亮："那里很多大型购物中心，到时一定买买买……"

"喂喂喂，别忘了正经事，我们的目标是拿冠军啊！"徐昆这时心目中满是拿冠军抢中华文化书院，听到几个小朋友的话，马上瞪起眼睛。

"嘿，徐大叔你少担心，我们肯定是先比赛后玩耍的。"林棣棣嬉皮笑脸地说。

"臭小孩，竟然叫我大叔！"徐昆快气死了。他虽然在代表队中算是年纪最大的，但年龄还是小鲜肉一枚呢，怎么就成大叔了。

"哈哈哈，我下次不敢了，徐大叔！"林棣棣边笑边逃。

一个星期之后，六国青少年成语赛初赛在天域国举行了。

初赛是六进三，六支队伍淘汰三支。战况十分激烈，经过两天四场比拼，一番龙争虎斗，乌莎努尔队、陀罗队、天域队三支队伍脱颖而出，杀入第二轮比赛。

第 *6* 章
阳光男孩和傲慢公主

　　万里蓝天，一架银色的小型客机从空中慢慢下降，稳稳地落在地上，然后因为惯性在跑道上滑行了长长的一段路。

　　小岚和晓晴晓星穿着正装，站在安全区域里，看到飞机停稳，便走了过去，站在离飞机十多米远的地方等候着。跟他们一块的，还有乌莎努尔青年部部长——三十二岁的裴菲和一名女翻译。

　　他们今天是来迎接参加青少年成语大赛决赛的三支队伍的。与三支队伍同坐一班机的，还有从北京来的中国成语大赛总冠军王一川。王一川是这次成语赛决赛特别邀请的点评嘉宾。

过了几分钟，舱门打开，舷梯慢慢伸出，两名身穿制服的空中小姐出现在机舱门口，微笑着站在两边。又过了一会儿，一名二十多岁、脸上笑容可掬的年轻人走出机舱。他穿着一身灰色休闲服，身材修长结实、步履矫健，神采奕奕，看来是一名阳光男孩。

当年轻人走下舷梯时，裴菲和翻译迎了上去，跟他热情握手："王先生，欢迎来到乌莎努尔。一路辛苦了！"

年轻人笑着回应："谢谢部长百忙中来机场迎接。"

裴菲把年轻人引到小岚面前，介绍道："公主殿下，这位是两届中国成语大赛总冠军王一川先生。"

小岚微笑着伸出手，说："你好！"

"公主殿下，您好！"王一川笑得一脸灿烂地跟小岚握手。

小岚露出亲切笑容，说："王先生在中国成语大赛的出色表现令人惊叹，希望您的到来，能给乌莎努尔带来更浓的中国风。"

"乌莎努尔的中国风已经很浓了。"王一川指着机场大楼门口挂着的一排中国式红灯笼，笑着说："刚下飞机，中国风就扑面而来。"

在场的人都笑了起来。

"一川哥哥，我是晓星。"晓星从小岚身后钻了出来，抢着跟王一川握手，眼里冒着小星星，"你是我偶像呢，请多多指教！"

"噢，原来你就是风流倜傥、玉树临风的晓星小朋友呀！"王一川使劲握了握晓星的手，笑着说："你也是我偶像啊！我知道你跟着小岚公主，破了不少奇案。"

"嘻嘻嘻嘻，你在北京也知道我呀，原来我这么出名！"晓星笑得"见牙不见眼"。

晓晴不甘心让晓星专美："你好，冠军大哥哥！我是晓晴。"

王一川朝晓晴伸出手，说："晓晴你好！"

晓晴跟王一川握手后，问："大哥哥，你以前听过我的名字吗？"

王一川笑着点点头："当然知道。你是小岚公主的好朋友、好帮手啊！"

晓晴得意地瞟了晓星一眼："哦，原来我也很出名呢！"

王一川说："当然了。北京一家出版社买了记录你们故事的那套《公主传奇》版权，在中国内地用《智慧公主马小岚》为系列名出版发行，很受小读者欢迎呢！这书还是妹妹推荐给我看的，妹妹是公主的忠实粉丝。她告诉我，第一喜欢小岚，第二喜欢万卡国王，第三喜欢晓星，第四喜欢晓晴……"

"啊！哈哈哈哈……我是排第三的。姐姐，你排我后面呢！"晓星发出得意笑声，他又胜了姐姐一局了。

"哼哼！"晓晴心里很不爽，狠狠地瞪了弟弟一眼。

这时同一班飞机来到的两支进入决赛的队伍，已经陆续走下舷梯。最先走过来的是陀罗国队伍。

领头的是陀罗国的队长，也是陀罗国的三公主鲍瑜。鲍瑜穿一身黑色小西服，她身材高挑，还有着一张漂亮脸孔，只是神情有点高冷傲气。在她后面是十多名身穿同款同色衣服的青年男女。

小岚很有涵养地微笑着跟鲍瑜握手："我们又见面了，欢迎到来！"

"谢谢！"鲍瑜接着又说："期待在决赛中与小岚公主一决高下。"

小岚说："我也很期待。"

"我会打败你的，小心哦！"鲍瑜用挑衅的眼神看着小岚。

小岚嘴角上翘，笑着说："好啊，我最喜欢挑战了。咱

们赛场上见分晓！"

接着是穿清一色白色西装的天域国代表队。队长毕尔是个高大健壮，有着运动员般身材的小伙子，一开口，声音震得人耳朵嗡嗡响："你好，公主殿下！乌莎努尔真漂亮，把我迷住了。"

小岚说："谢谢！欢迎光临乌莎努尔。"

晓星向来是个自来熟："毕大哥，等比赛完毕，我领你们到处去玩。"

毕尔很高兴："好啊，一言为定！"

寒暄完毕，已是下午三点多，裴菲和女翻译负责把客人送到国宾馆。旅途劳顿，让他们先休息一会，然后参加由小岚公主作为主人的欢迎晚宴。

时间还早，小岚三人先回王宫。

晓星像大爷一样瘫坐在宝马车宽敞的座位上，拿着包薯片咔嚓咔嚓地咬着，嘴里还同时说着对王一川的观感："……我喜欢一川哥哥，他老是笑，人很亲切……"

晓晴拿着小镜子补妆，听了晓星的话破天荒地表示同意："嗯，我也喜欢一川哥哥，他太帅了，简直帅得一塌糊涂！"

晓星赶紧吞下嘴里的薯片，说："但没有万卡哥哥帅。"

他是万卡国王的死忠粉，每时每刻都忘不了维护自己的偶像。

晓晴停下补粉的手，瞪自己弟弟一眼："你哪只耳朵听到我说他比万卡哥哥帅了？"

晓星不依不饶地说："我不管！反正你以后说谁帅的时候，麻烦请附带一句'但没有万卡哥哥帅'。"

晓晴啪地合上小粉盒的盖子，气呼呼地说："为什么我说别人帅的时候一定要说'但没有万卡哥哥帅'？我即使不说万卡哥哥帅，万卡哥哥也帅的。"

小岚满耳朵都是"帅帅帅"的，忍不住打断了那两个包顶嘴姐弟的话："停停停，烦死了！"

晓星哼了一声："你看你看，小岚姐姐都要骂你了！"

晓晴也哼了一声："小岚是在骂你！"

"骂你！"

"骂你！"

小岚咬牙切齿："再闹把你们扔下车！"

"啊！"两姐弟用一模一样的动作捂住嘴。

过了一会儿，不甘寂寞的晓星又说话了："我不喜欢陀罗国那个什么三公主鲍瑜，我总觉得她对我们不友好。"

晓晴扭了扭身子说："我也不喜欢她。眼睛都长额头上

去了，太没礼貌。"

小岚点了点头："我也觉得她说的话好像向我挑战似的。但是我跟她并不熟识呀，她没理由这样。也许是因为她的公主身份，造成她不管对谁都那么傲气。"

晓星握握拳头："下次见到她，我也给她脸色看。以为自己是公主就可以这样吗？哼！"

小岚摇摇头说："来的都是客人，咱们大气一点，不要跟她计较。"

晓星闷闷地说："好吧！"

第7章
晓星的大发现

　　万众期待的六国青少年成语赛即将开始了。

　　这天上午十点，三支参赛队伍分别在电视台三间休息室里积极备战，选手们两两分组，为下午的第一场比赛作准备。

　　"这个成语形容筋疲力尽、精神不振的样子。第二个字和第四个字意思是相反的。"

　　"半死不活？"

　　"对！下一个。这个成语形容人得意又兴奋的样子。第一个字是人眼睛上面两条像毛毛虫模样的东西。"

　　"人眼睛上两条像毛毛虫的东西？噢，眉毛！眉开

眼笑！"

"第一个字对。再猜！"

"眉……眉飞色舞？"

"对！"

小岚带着晓晴晓星走进休息室的时候，就见到先到的队员都两人一组在练习猜成语，十分认真。初赛时所有队员都表现很好，接下来的比赛小岚很有信心能赢。

晓晴找自己的搭档练习去了，晓星说："小岚姐姐，咱们再练习一下双音节猜词好不好？"

"没问题。"小岚说。

什么是双音节词？

由两个音节*组成的词就叫双音节词，它占词的绝大多数。如：认真、勤劳、谨慎、汉语、英语等。

比赛项目中的双音节猜成语，就是由同一队的人两两分组，一人负责提示，一人负责猜成语。提示的人根据成语的意思说出一个双音节词，如果对方猜不到，提示的又再说一个能体现这个成语意思的双音节词，一直到对方猜出为止。提示的双音节词里不能出现该成语里的任何一个

---

*音节：从听觉上最容易分辨出来的最小的语音单位。在汉语里，一个汉字是一个音节，如期、可、岚等。

字，如出现就算犯规。

　　两人走到一角坐下，小岚说："我先提示，你答。"

　　小岚想了想，说了一个词："报答！"

　　晓星眨了眨眼睛："感恩戴德？"

　　小岚摇摇头，想了想，又说："婴儿。"

　　晓星挠头："婴儿？"

　　小岚见晓星猜不出来，又说："一生。"

　　晓星苦苦思索。突然灵机一动："没齿难忘！对不对？"

小岚笑着点头："对了！"

晓星这才松了口气："哇哦，难死宝宝了！"

小岚问："猜了几个都猜错，怎么突然又开窍了？"

晓星说："你一说'一生'，我就联想到你之前说的报答和婴儿。婴儿是指没牙齿，而'没齿'也指终身、一辈子。一辈子也忘不了，不就是没齿难忘吗？"

小岚点头："三个词就猜到成语，算你聪明。"

晓星得意扬扬："嘻嘻，本来就聪明嘛！"

小岚撇撇嘴，又说："好，轮到你出题了。"

"好的。"晓星挠挠脑袋，正要说话，休息室里的广播器就响起了声音："各参赛队伍注意，请各队队长马上来十九楼会议室开会……"

小岚对晓星说："你自己看看成语书吧，我去开会了。"

"嗯，等你回来再练。小岚姐姐拜拜！"晓星拉开门让小岚出去。

小岚走后，晓星正要关门，见到隔壁休息室有两个人走出来，其中一人搂着另一人肩膀，很是亲热。晓星认得其中一个人是陀罗国的队长鲍瑜，而另一个人……

晓星的眼睛睁大了，这人不就是……

等两人走远后，晓星眨眨眼睛，然后走了出去，往旁边一拐，停在隔壁休息室门口，伸手把门一推："各位漂亮姐姐帅气哥哥，我是隔壁队的。听说你们队很厉害，特地向你们学习来了。"

休息室里的人都停下了练习，看向晓星。见到一个漂亮可爱的小男孩说他们厉害，还要来学习，他们心里都开心得不要不要的。

"哪儿来的可爱小弟弟，快进来快进来。"几个女孩子笑眯眯地朝晓星招手。

本来他们在机场时见过的，只是当时晓星戴着一副大大的黑眼镜，遮住了半边脸，所以没人想起他早前曾在机场出现过。

晓星露出"我很可爱"的乖巧笑容，走进了陀罗国队的休息室，他马上被墙上贴着的一幅幅大字标语晃花了眼：

"陀罗国队一定赢！一定一定一定！"

"打败乌莎努尔队，陀罗国队必胜！"

"陀罗陀罗，胜利属我！"

"我们是冠军！"

"……"

晓星瞬间眼睛睁大了几分，心想，这样做有助拿第一吗？早知道咱们队也贴，不仅贴墙上，连地面、天花板也贴。

"小弟弟，你也知道我们很厉害吗？算你有眼光！"

"小弟弟，我们是来拿冠军的。"

"小弟弟吃水果！"

晓星笑嘻嘻地接过小姐姐手里的一只香蕉，掰开吃了起来。吃完才装作不经意地问："咦，你们队长呢？"

一个大男孩说："我们三公主刚刚送莫邪小姐出去，莫邪小姐是我们三公主的表妹。"

哦，晓星明白了。怪不得……

"小弟弟，你想学习什么，尽管问，哥哥姐姐教你。"

晓星睁大眼睛，露出一副很萌很萌的样子："嗯，我想来学习……学习你们的自信，我想知道你们觉得自己一定能拿冠军的自信来自哪里？"

一个口齿伶俐的小姐姐骄傲地说："我们的信心来自之前的准备充足。莫邪小姐给我们队赞助了五百万元，让我们十二个人集中训练了两个月，给我们培训的导师有中华文化专家、开发记忆专家、精神科专家，我们现在可厉害了！"

晓星听得一愣一愣的："中华文化专家教你们认识成语理解成语，记忆专家教你们怎样记忆成语，这个我明白，但请来精神科专家……难道你们中间有神经病不成？"

伶俐小姐姐捂住嘴笑："没有啦！精神科专家，教我们如何安定情绪，在赛场上怎样镇静自如……"

"啊！"晓星眼睛顿时睁大了，这这这这，这真是太刷新本小公子的认知了。

晓星想知道的都打听到了，想马上回去报信，便说："我突然想起来有点事，等会再来请教，拜拜！"

"啊，要走了？咦，还没问你是哪个队的？"

"我是乌莎努尔队的晓星。"

"啊，小岚公主的好朋友！天啦，让他知道得太多了。"

"三公主一再叫我们防着他们的啊！"

趁着休息室里兵荒马乱、一片懊恼之际，晓星刺溜一下溜出门，跑回乌莎努尔队休息室了。

小岚还没回来，晓星又找晓晴："姐姐姐姐！"

晓晴正在翻着一本成语词典，听到晓星喊不耐烦地说："有话就说。"

晓星神秘兮兮地跑到晓晴身边，说："你猜我刚才看见鲍瑜跟谁在一起？"

晓晴没好气地说："我管她跟谁在一起，没兴趣猜。"

晓星推推晓晴，说："哎呀姐姐，我这样问肯定有意思的嘛！快猜快猜！"

晓晴扭转头："不猜不猜不猜，就不猜！"

晓星无可奈何："姐姐你好没趣,猜一猜又不会死的。嘿,我实在忍不住了,告诉你吧,是莫邪!"

"莫邪?!"晓晴一愣,她把书往桌上一放,问道:"你是说我们在公主杯足球赛决赛中,打败的霸天队队长莫邪?"

晓星说:"嗯嗯嗯嗯!"

晓晴恍然大悟:"噢,这下我明白了。怪不得那鲍瑜看我们时一脸的仇恨,原来是因为莫邪!"

之前的公主杯足球大赛,莫邪当队长的霸天队败给了以小岚做队长的公主队。

赛前莫邪信心满满地以为一定能赢,所以还跟小岚打赌:谁败了,谁就吃手机。没想到,最后是莫邪的队伍输了。她输了自然不再提起吃手机的事,想蒙混过关。本来小岚也不是那么计较的人,也没把吃手机一事记在心上。没想到晓晴和晓星不忿莫邪之前的嚣张,硬是订做了一个五磅重的手机形大蛋糕,送到莫邪住的地方,暗示她失败要吃手机的事。

莫邪恼羞成怒,把大蛋糕扔在地上,还狠狠地说了一句:"此仇不报枉为人!"

看看,这就是人品问题了。打赌是她提出的,结果她输了又想赖掉，还发脾气。晓晴、晓星虽然顽皮，但也情有可原呀，说话要算数的，没送个真的手机逼她吃下去，已是很善良的了。没想到，莫邪竟然输不起，自己失败却去记恨胜利的人。

这次，她分明是早有预谋，通过资助陀罗队，想让表姐鲍瑜在成语大赛中打败小岚的队伍，替她"报仇"。

"才不怕呢！我们队人才济济，保证把他们打得落花流水！"晓晴一点不担心。

"还有我呢！英俊潇洒、风流倜傥、玉树临风的晓星小公子！"晓星把胸口拍得砰砰响。

"嘁！"晓晴撇撇嘴，又拿起了成语字典。

第 8 章
蛇鼠一窝

小岚直到午饭时间才回来。

"嘿嘿嘿，大家先集中一下，有事宣布！"她拍了几下手，招呼队员们。

十一名队员迅速向小岚靠拢。

小岚看了大家一眼，然后说："下午两点正式开始比赛，并进行录影。第一轮比赛是三支队伍车轮战，每支队伍派出六组选手中的三组参赛。我们队这一轮出战的三组是徐昆和林悠悠，黄飞鸿和陈晓，巴东和巴西。"

被点到名的六人都摩拳擦掌的，一脸兴奋。趁着离午饭时间还有一点时间，都各自找地方做最后冲刺了。

"小岚姐姐，我们干吗不第一轮上？"晓星嘟着嘴，拉拉小岚的衣袖，但他一下又兴奋起来，"噢，我明白了，杀鸡焉用牛刀。"

小岚撇撇嘴，没管他，让这家伙自己兴奋去。

晓晴也没能第一轮上，但她并不在乎，重在参与嘛，先上后上还不一样。

很快到了下午两点，可以容纳数千人的录影大厅里，不同年龄的观众已经入座，三支参赛队伍也在选手席里分别就座。

录影开始了，在激扬的令人振奋的背景音乐中，电视台著名节目主持人朱莉，身穿端庄大气的中国传统旗袍，迈着婀娜的步子登场："大家好，这里是六国青少年成语赛决赛现场……"

朱莉的声音十分好听，好像一只黄鹂鸟在唱着清脆悦耳的歌，观众们都安静地听她说话。朱莉妙语如珠地说完了开场白之后，朝坐在一侧的三位嘉宾点了点头，转而向观众介绍道："下面给大家介绍到场的三位嘉宾，这两位是乌莎努尔中国文化研究院的罗伦院长、劳思教授，这位是来自中国的两届成语大赛冠军王一川先生……"

全场热烈鼓掌，等掌声稍停，朱莉继续介绍参赛队伍：

"六国青少年成语赛，初赛决出三支队伍——乌莎努尔代表队，陀罗国代表队，天域国代表队。三个代表队的队员都是年龄在十八岁以下的学生，下面先给大家介绍乌莎努尔队。"

小岚带着队员起身，向观众挥手致意。观众席里响起一阵热烈的掌声。有些人在大喊：

"乌莎努尔队必胜！"

"公主加油！"

小岚微笑着朝观众点头，然后带着队员们坐了下来。

朱莉接着介绍天域队。天域队队员们在队长毕尔带领下向大家挥手，场下观众都给他们报以热烈的掌声，欢迎外国来的朋友。

最后介绍的是陀罗队。鲍瑜带着队员站起来，喊了一声"一二三"，队员们就一齐拼命喊道："陀罗陀罗，胜利属我！陀罗陀罗，谁敢拦我！陀罗必胜，陀罗必胜！"

声音很大，全场人都被吓到了，连鼓掌都忘了。愣了好一会儿，才由朱莉率先鼓掌，带动大家跟着鼓起掌来。人们一边鼓掌，一边在心里嘀咕：不用这么夸张吧，吓死宝宝了。

鲍瑜见到人们错愕的表情，心里还挺得意的。她正要这样的震慑作用。最好乌莎努尔队和天域队的士气都被吓跑了，那今天自己队伍就会赢得更加漂亮了。

晓星正拿着杯子在喝水，被陀罗队突然爆发的喊声吓得手一抖，水洒到衣服上了，不禁气呼呼地用一句成语表示不满："哼，哗众取宠！"

晓晴也摸着怦怦跳的小心脏："大声就会赢呀，神经病！"小岚没作声，但心里也有点哭笑不得，这鲍瑜竟然搞这一出，还真是有病！

朱莉笑着说："陀罗队果然是一鸣惊人啊！期待你们接下来的惊人表现。好，让我们再一次把掌声送给三队选手，预祝他们在比赛中取得好成绩。"

朱莉拿出提示纸瞧了瞧，接着说："好，下面宣布今天的比赛规则。今天这期节目三支队伍分别派出三组选手参加，我们会采取三队车轮赛，什么是车轮赛？就是每轮由不同队的两组选手上台答题，胜组留下，败组离开，再由第三队组别上台和胜组对决，直到其中两队选手全部失利，胜队全体队员安全，不用再参加之后的淘汰赛环节。比赛采用目标计时对抗的方式进行角逐……"

什么是"目标计时对抗方式"？朱莉做了以下解释："每组一人描述成语的意思，另一人猜，一共四个成语，全部

完成用时较短的组别得胜。在描述过程中不能出现题目中的任何一个字，允许描述的选手有一次跳过和一次犯规的机会。"

朱莉做完一番解释后："今天首先出战的是陀罗队和乌莎努尔队，陀罗队，你们先派出的选手是哪两位？"

鲍瑜站了起来，说："我们首先派出的是海子和亭姗。"

朱莉又望向乌莎努尔队："乌莎努尔队，你们准备派哪两位选手出场？"

乌莎努尔队队长小岚站起来，回答说："我们首先出场的是巴东和巴西。"

朱莉说："好，请两组选手上场！"

陀罗队的两名选手，男孩海子和女孩亭姗上了舞台，站到了右侧桌前。

乌莎努尔队员巴东和巴西出场的时候引起了轰动，两名长得很帅气很精神的小男孩一样相貌，一样高矮，一样服装，太吸引人眼球了！

巴东巴西手拉手，走到了左侧的答题桌前。

朱莉见到选手们都挺紧张的，便有意让他们缓和一下，她笑着对双胞胎说："嗨，两位小帅哥，你们究竟谁是哥哥，谁是弟弟呀？"

其中一个男孩看了看朱莉，说："你猜。"

朱莉用手指虚点了点那男孩，故意气哼哼地说："你、你这坏小孩！"

全场哈哈大笑起来。

另一个男孩笑着说："我弟弟巴西一向调皮，对不起哦！"

"原来你是哥哥巴东，他是弟弟巴西。"朱莉把他们打量了一番，说，"你们是我见过的双胞胎里面，最像的一对了。真难为你们父母，平日是怎样分辨你们俩的呢？"

巴西得意地笑笑，说："其实很容易认的，哥哥左眉有一颗小痣。"

"左眉有一颗小痣？"朱莉走到巴东面前，凑近细看，然后说："哇，果然，巴东眉毛上有颗小痣。不过，不认真看绝对看不出来。"

"是呀，所以小时候巴西做了坏事，挨打的常常是我。"巴东一脸的委屈。

现场的人都笑了起来，连已经站到台上的陀罗队两名队员都笑得弯了腰。

朱莉见目的已经达到，选手都不再紧张，便把双手往下一压，说："好啦好啦，辨认双胞胎的事我们留待以后研究，

现在马上要开始比赛了。陀罗队先手，等会儿计时器启动，你们就赶紧猜词，争取时间。"先手是先比赛的意思。

海子和亭姗一齐点了点头。海子描述，亭姗猜词。两人一齐握了握拳头，喊了声"陀罗必胜"。

墙上的计时器开始的同时，猜词者背后的大屏幕上打出了一个成语"耳目一新"。

海子低头看着桌上平板电脑，说："听到和看到的，跟之前不同。"

亭姗显然有点紧张，她皱着眉头，想了一会儿说："日新月异？"

海子摇摇头："不是。我们是用什么来听，用什么来看的？"

"耳朵，眼睛。"亭姗眼睛一亮。

海子："跟之前不同……"

亭姗喊道："耳目一新！"

"对。"海子高兴地喊了一声，又看向平板电脑上出现的第二个成语"宾至如归"。

海子想了想说："我们去饭店吃饭，侍应生来接待，给人一种回到家的感觉。"

"噢，宾至如归！"亭珊喊道。

海子兴奋地喊道："对！"

这时，屏幕上打出的是"欣欣向荣"。

海子说："形容大自然的景象，小草和树木长得很茂盛。"

亭姗猜："根深叶茂？"

海子说："不是。"

亭姗又猜："绿草如茵？"

海子摇头："不是。"

亭姗想了想："郁郁葱葱？"

亭姗见海子仍然摇头，不禁哭丧着脸，小嘴嘟着，都快哭了。

"别急别急！"海子又补充说，"这个成语是用来比喻事业蓬勃发展、兴旺昌盛的。"

亭姗眼睛转了转，有点不确定地说："生机蓬勃，欣欣向荣？"

"欣欣向荣对！"海子高兴得跳了起来。

观众都鼓起掌来。亭姗这才舒了口气，抬手抹了抹额上的汗。

第四个成语是"青山绿水"，亭姗很快猜了出来，这个组合用了一分三十秒时间。

朱莉用夸张的手势抹了抹额头，说："唉，可把我急死了。在欣欣向荣这个成语上你们耽搁太多时间了。"

　　劳思教授笑着说："形容小草和树木长得茂盛的成语的确很多，比如绿草如茵、欣欣向荣、郁郁葱葱、生机蓬勃、生意盎然等，所以亭姗一时未猜到欣欣向荣也能理解。"

　　海子对亭姗表示歉意："是我描述得不好，对不起。不过还有两次猜题，我们还有机会。"

　　亭姗捏捏拳："嗯，我们加油。"

　　这时轮到巴东和巴西猜词了，看上去这兄弟俩挺镇定的样子。

　　巴东描述，巴西猜词。

　　屏幕上出现了成语"雪兆丰年"。

　　巴东说："冬天天上飘下的那些白白的东西是……"

　　巴西马上接道："雪！"

　　巴东继续描述："那些白白的东西下来，预示着将会收获很多。"

　　巴西说："雪兆丰年！"

　　"对！"巴东看着第二个成语，那是"蛇鼠一窝"，"妈妈常用来比喻我们和爸爸是什么？"

　　巴西笑嘻嘻地说："蛇鼠一窝！"

　　台下观众一听，全都笑翻了。

　　巴东看了看第三个成语"草船借箭"，抬头看着巴西说："形容运用智谋，凭借他人的人力或财力来达到自己的目的。"

巴西猜："借花献佛？"

巴东摇摇头："一个喜欢摇鹅毛扇的人做的一件事。小说《三国演义》里著名的故事。"

巴西眼睛一亮："喜欢摇鹅毛扇？孔明！噢，草船借箭！"

"很棒！"巴东高兴地喊道。

第四个要猜的词是"忍无可忍"。

巴东说："我要是一再烦你，你会怎样？"

巴西说："打你！"

巴东瞪大眼睛："四字成语啊！"

巴西："……"

巴东："算了算了，跳过！下一个，绿色的小动物，坐在圆圆的深深的有水的地方，看着天空。以为自己知道很多。"

"绿色的小动物？看着天空？"巴西眼珠转了转，"井底之蛙？"

"哗……"掌声如雷，给两兄弟叫好。

朱莉说："一分十秒完成，比刚才一组快，巴东巴西组

合先得一分。"

嘉宾席里，王一川笑着问："巴东巴西，我很好奇，妈妈为什么要说你们和爸爸是蛇鼠一窝？"

巴西回答："因为我和哥哥是属蛇的，爸爸是属鼠的。"

王一川哈哈大笑："原来是这样！"

场上观众也都哄然大笑。

比赛继续，又轮到海子和亭姗组，这次换亭姗描述，海子猜词。

亭姗看了看平板电脑上的成语——冷言冷语，想了想说："不是直接表达自己意思，而是旁敲侧击，说些嘲讽的话。"

海子脱口而出："冷嘲热讽！"

亭姗急了说："不是啦，不是冷嘲热讽。"

听到"叮"的一声，提示亭姗犯规了，亭姗这才发现自己一急之下说了"冷"字。

亭姗嘟着嘴，看向下一个成语"安居乐业"，便说："指人们在安定地生活和开心地劳动。"

"叮！"亭姗又犯规了。

"啊！"亭姗愣了愣，意识到自己把成语中的安字说出来了。

　　朱莉叹了口气:"真可惜! 你们两次犯规,这局零分。下面巴东巴西组继续比赛。"

　　巴东巴西组用了五十九秒猜完四个成语,完胜海子亭姗组合。

第 *9* 章
强中自有强中手

　　乌莎努尔队队员成功淘汰陀罗队组合，换天域队的第一组队员上场。天域队的两名队员三局的完成时间都比巴东巴西长一点，结果又被淘汰了。

　　赛场上激烈竞争，强中自有强中手，再一轮的比赛中，双胞胎兄弟在跟陀罗队的高斯、麦克组对决中落败。

　　而高斯、麦克组再赢了天域国的第三组选手后，又败在了乌莎努尔队的徐昆和林悠悠手里。赛场上真可以说得上是龙争虎斗，令观众看到热血沸腾。

　　这时候，参赛的九组人，天域国和陀罗队一样，都只是剩下了一组选手，而乌莎努尔队还有两组选手。乌莎努尔队形势大好，胜利在望了。

选手席里晓晴很是开心："我早说了，哪有人是我们对手，我们的冠军跑不了啦！"

晓星抓了一下头发："唉，真可惜，观众不能看到我大显身手了！"

高斯、麦克组下台后，换上了天域队最后一组选手王格格和普树。这两人都是体育学院的一年级学生。女孩王格格是学体操的，长得娇小玲珑，男孩普树是打篮球的，又高又壮，两个站一起时，就像一棵粗壮的大树干上挂了一个小信箱，很有喜感。

朱莉鼓励他们说："两位小朋友，你们是天域队最后的希望了，如果你们能一路高奏凯歌，赢了乌莎努尔队的两组和陀罗国的一组选手，那天域队就能反败为胜，否则，你们就全军覆没了。所以，加油啊！"

"嗯！"王格格和普树对望，都捏了捏拳头。

"好，开始吧！"朱莉说。

普树和王格格先手。普树描述，王格格猜词。

比赛开始，普树看着面前平板电脑上打出的成语是"口若悬河"，便说："形容人口才很好，说起话来滔滔不绝的。"

"叮"的一声，提示他犯规了，提示中出现了成语中的

"口"字。

"唔，用点心好不好！"王格格生气地跺着脚，有点急躁。

普树尴尬地摸了摸鼻子，又低头看电脑。然后描述说："形容一个人懒懒散散的、不干活。"

王格格说："无所事事。"

普树摇头："不是。"

王格格又想起了一个成语，说："好逸恶劳。"

普树挠挠头："没这么严重。"

王格格灵机一动："游手好闲。"

普树拍了一下手："对。下一个，第一个字是省份，第二个字是动物，这动物跟马有点像，这成语的意思是用来比喻有限的一点本领都用完了。"

王格格略作思考，说："黔驴技穷。"

普树大喜："聪明！下一个……"

下一个是"养精蓄锐"，普树想了一会儿，不知道怎么描述，干脆说："跳过！"

看着电脑上再弹出的成语，普树摸了摸脑袋，说："同时使用两根中间空的东西做事情。"

王格格马上答道："双管齐下。"

"对！"普树又说，"你是扮成人的妖怪，我拿照妖镜一照，你就怎么样？"

"你才妖怪呢！"王格格嗔怒地说了一句，又马上喊道："原形毕露！"

两人猜四个成语用了一分二十秒。王格格感到不满意，她瞪着普树："都怪你！笨死了！"

朱莉忍不住笑了起来："相信你们日常生活中一定是好朋友，我没猜错吧？"

普树挺了挺胸说："不是好朋友，是女朋友。"

王格格皱着鼻子："哼，谁是你女朋友！"

现场的人都笑了起来，真是个野蛮女友啊！

"哈哈哈，小女孩真有性格！普树回去好好哄哄。"朱莉又问现场嘉宾："几位有什么话要跟这对小情侣说的？"

王一川说："普树为双管齐下释词的时候，其实可以更简单的。'管'，其实就是指笔。这个成语原来就是指手握两支笔同时作画，用来比喻做一件事两个方面同时进行或两种方法同时使用。所以如果说是'手握两支笔同时作画'就很清楚了。而不用迂回地说是'两根中间空的东西'。不过女孩子也很聪明，马上就猜对了。"

普树不好意思地挠着头，说："对对对，当时太紧张，

脑子不清晰。忘了'管'在这里就指笔。"

罗伦说："刚才到的成语'黔驴技穷'，出自唐代柳宗元的《三戒·黔之驴》，故事挺有趣的。黔，即是现在的贵州，贵州本来没有驴，后来有人买来一只驴，把它养在山脚下。有只老虎看到驴很高大，有点害怕，便躲在树林里偷偷看着，不敢上前去。一天过去了，老虎没有看出驴子有什么特别不凡的地方。第二天，老虎蹑手蹑脚地走出树林，想到驴子跟前摸摸底细。还没有走上几步，猛听见驴子一声大吼，吓得老虎转身就逃。跑了一会儿，老虎发现后面没有动静，又小心翼翼地踱了回来。慢慢地，老虎习惯了驴子的叫声，又壮着胆子向驴子靠近。它先用脚爪去挑逗，又用身子去碰撞。驴子恼羞成怒，抬起后蹄向老虎踢去。老虎偏偏身子就躲过去了。老虎心里不禁一阵高兴，知道驴原来就这么点儿本事，于是大吼一声，猛扑过去，把驴子吃掉了。后来故事就产生了一个成语，用来比喻有限的一点本领也已经用完了。"

"每个成语都基本上有一个故事，读成语，看故事，懂道理，学习中国成语，让人获益不浅。"朱莉接着说："好了，比赛继续，请徐昆林悠悠组开始猜成语。"

林悠悠看了看打出的成语，抬头看着徐昆："早上一个样，晚上是另一个样。用来形容反复无常的人。"

徐昆说："朝秦暮楚？"

林悠悠说："不是，有数字。"

徐昆一听明白了："朝三暮四！"

林悠悠脸露笑容："对！下一个，事情发生得很突然，来不及防备。"

徐昆说："猝不及防。"

徐昆是答对了，不过同时也出现了犯规提醒，林悠悠说了其中的"及"字和"防"字。即徐昆答中也没用。

"哎！"林悠悠恼火地打了自己一下。

徐昆说："没关系，下一个。"

林悠悠继续描述下一个成语："伤害、凌辱得很过分，不能容忍。"

徐昆想了想："欺人太甚！"

林悠悠说："对！下一个，很想快点，但结果反而无法做到。"

徐昆答："揠苗助长！"

林悠悠说："很想快点。快，是代表什么？"

徐昆眼睛一亮："速度！欲速不达。"

朱莉看了看时间，说："用时五十一秒，这一局徐昆林悠悠组合胜。"普树很泄气，王格格嘴巴撅得快可以挂个瓶子了。

劳思教授说:"欲速不达出自孔子的《论语·子路》:'无欲速,无见小利。欲速则不达,见小利则大事不成。'一川知道这个成语故事吗?"

王一川点点头,说:"从前有个农夫挑一担橘子进城,天快黑了,他怕赶不及在城门关闭前到达,心里十分着急,就加快脚步,不料一不小心摔了一跤。橘子掉了一地,农夫只好去捡,费了很多时间,结果赶到城门时,大门已经关上,不能进了。欲速不达的意思是,想求快速,反而不能达到目的。"

朱莉微偏着脑袋,很专心地听着王一川讲故事,边听边点头,王一川讲完了,她点点头说:"谢谢一川给我们讲成语故事。好,下面比赛继续。"

第二局王格格和普树表现很好,用了五十四秒猜中四个词,而徐昆和林悠悠却用了一分零九秒,结果王格格普树这局得了一分。

第三局。王格格略为紧张,猜其中的成语"欺世盗名"花了不少时间,用了一分四十秒才猜中四个词。这就给徐昆林悠悠的胜利提供了条件,结果他们以二比一战胜了普树王格格组。

下台时,王格格跟在普树后面,用指头朝他后背"我戳我戳我戳戳戳",直让人担心她会把普树身上戳出个窟窿。

第 *10* 章
残酷的淘汰赛

形势大好，乌莎努尔队只需把陀罗队最后一组人淘汰掉，那他们队就在这一场比赛中全体安全，坐下来看其他两队进行残酷的淘汰赛了。

陀罗队最后一组——鲍瑜和刘易组合上台。

这是一场激烈的对决，徐昆和林悠悠是乌莎努尔成语大赛的冠、亚军，而鲍瑜和刘易是陀罗国成语大赛的冠亚军。身材修长的鲍瑜穿一身合体的黑色西装，眼神锐利，一副志在必得的样子。她身边的刘易本来也是气宇轩昂的一名年轻人，但跟她一比，竟然落了下风。

林悠悠被鲍瑜的气势吓到了："徐哥哥，这位队长好像

很厉害呢！"

徐昆瞅了鲍瑜一眼，说："她跟你一样，也只是两只眼睛一个嘴巴，有什么可怕的！"

林悠悠噗嗤一声笑了，紧张倒是被冲淡了一点。

鲍瑜、刘易先手。比赛开始。刘易低头看了看电脑，然后抬头看着鲍瑜："形容像你这样的。"

鲍瑜挑挑眉毛："女中豪杰？巾帼英雄？"

刘易说："不是。"

鲍瑜又猜："飒爽英姿，女中丈夫。"

刘易摆手："不是啦，女性化一点的。"

鲍瑜皱着眉头："婀娜多姿，千娇百媚。"

刘易说："千娇百媚对。"

鲍瑜恼火地看了刘易一眼："你哪只眼睛看到我千娇百媚了？！"

刘易挠挠头："对不起！下一个，好像在哭，又好像在说话，声音很悲切。"

鲍瑜说："如泣如诉。"

刘易很高兴："对！下一个，比喻人已经无路可走了，陷入绝境。"

鲍瑜很快答道："山穷水尽！"

刘易说:"对。下一个,泛指时光流逝的一个成语。"

鲍瑜想了一想:"光阴似箭。"

刘易摇头:"意思差不多。指一个季节过去了,一个季节到了。"

鲍瑜说:"暑来寒往。"

刘易笑容满脸:"对!"

朱莉宣布,鲍瑜和刘易组合用了五十四秒,成绩不错。

劳思教授笑着说:"刚才猜千娇百媚的时候,刘易不应该对鲍瑜说'形容像你这样的',这样结果把鲍瑜误导了。因为她从外到里都是个很强的女孩,绝不会把自己往千娇百媚上想。"

刘易摸摸脑袋,尴尬地说:"当时一下急了,想着是形容女子的……"

鲍瑜瞪了刘易一眼,吓得刘易不敢再说下去。

轮到徐昆和林悠悠。徐昆描述,林悠悠猜词。

徐昆看了看平板电脑,抬头看着林悠悠,苦着脸,皱着眉头,不说话。

林悠悠急了:"快描述呀!你怎么愁眉苦脸的,这个成语很难吗?"

徐昆指着林悠悠,大声说:"对对对,就是你刚才说的

那个四字词！"

林悠悠眼睛睁得大大的："啊，刚才我说什么了？噢，愁眉苦脸，是愁眉苦脸吗？"

徐昆笑得"见牙不见眼"地说："对！"

轻易猜中一题，林悠悠开心得"嘻嘻"地笑着。

徐昆看了刚打出的成语，说："第一个字是一只会吱吱叫的小动物。成语的内容是这只小动物的眼睛只看到短距离的东西，没有远见。"

林悠悠喊道："老鼠！鼠目寸光！"

"耶，太棒了！"徐昆兴奋地喊了一声，继续描述下一个词，"形容天上有耀眼的光在一闪一闪的，接着还有很吓人的声响。一种天气现象。"

"震耳欲聋！"

"除了响声还有耀眼的光。"

"风驰电掣？"

"不是。"

"电闪雷鸣？"

"对！"

徐昆继续看电脑，见到下一个成语是"虚张声势"，不禁挠挠头，这词还真有点难描述，便手一挥，说："跳过！"

徐昆看着接下来要猜的成语，说："身体里面长着一节一节的植物。"

林悠悠愣了愣，突然想到了，大声说："胸有成竹！"徐昆"耶"地喊了一声。

朱莉笑着说："四个成语，用了五十三秒时间，成绩不错。恭喜两位先得一分。"

劳思笑着朝徐昆竖起大拇指："做个样子就能让人想到一个成语，厉害！"

徐昆挑挑眉毛，一副得意的样子。

比赛继续。鲍瑜和刘易角色对换，鲍瑜描述，刘易猜。这局他们配合得很好，以五十一秒猜了四个词，而徐昆和林悠悠就用了一分九秒，输了一局。

这局紧张了，如果徐昆林悠悠组胜，乌莎努尔队就马上赢了，如果是鲍瑜刘易组胜，就要再跟乌莎努尔队的第三组黄飞鸿和陈晓作终极对决。

刘易看了看电脑，说："一种天气现象呼呼地吹得人都要倒了，还有哗啦啦的水从天上落下。"

鲍瑜说："暴风骤雨、狂风暴雨！"

刘易说："狂风暴雨对！下一个，一只凶猛的动物，额头上写着王字的，跑到了咩咩叫的动物群里。"

鲍瑜说："虎入羊群！"

刘易说："对！下一个。形容一只船在大海上，趁着'呼呼吹'的东西，劈开海水，很快地前进。形容人志向远大，奋力前进。"

鲍瑜说："'呼呼吹'的是风吧，趁着风，劈开浪，乘风破浪！"

刘易兴奋地说："乘风破浪对。下一个，表面对人很和气，实则是阴险毒辣的害人精。"

鲍瑜喊道："笑里藏刀！"

一分三秒。

接下来徐昆林悠悠组比赛。

徐昆看着林悠悠说："向额头上有王字的动物，索取裹着这动物的外包装。"

林悠悠想了一想："与虎谋皮！"

徐昆说："对！一块硬硬的东西，打到了两只飞禽。"

林悠悠回答："一石二鸟！"

徐昆很开心："对！下一个，避开祸害而朝向好的方向。"

林悠悠眼里一片茫然："好的方向？幸运？福气？什么呀？"

"这……"徐昆不知怎么再描述，干脆挥挥手，"跳过！

下一个，有人对你不好，你也对他不好。"

林悠悠说："以牙还牙！"

徐昆摇头："程度更深的。"

林悠悠说："报仇雪恨？"

"对！"徐昆看看下一个词是危在旦夕，便说，"下一个，最后两个字是指早晨和晚上。这个成语是用来形容危险已经出现眼前。"

"叮"，徐昆犯规，说了"危"字。

徐昆拍了拍自己脑袋，接着看下一个成语——不死之药，想了想说："嫦娥吃了什么就升天了？"

林悠悠："不死之药！"

"对！"

用时一分五秒。两秒之差，徐昆林悠悠组合输给了鲍瑜刘易组合。徐昆和林悠悠有点沮丧地下了台。

朱莉看了一眼选手席："紧张的时候到了。现在乌莎努尔队的黄飞鸿和陈晓，与陀罗队的鲍瑜和刘易对决。这可是一场生死之战啊，哪组赢了，所代表的队伍就全体安全，输了，就要跟天域队进行淘汰赛了。两组选手，加油啊！"

黄飞鸿和陈晓站了起来，准备上台，陈晓是个十五岁的高中生，一个安静的戴眼镜的小姑娘。小岚拉拉陈晓的

小手，发现她的手冰凉冰凉的，便鼓励说："加油，看好你哦！"

晓晓感激地"嗯"了一声，然后和黄飞鸿往舞台走去。

晓晴有点沉不住气："没想到鲍瑜和刘易组合这么厉害，我怕黄飞鸿和晓晓不是他们对手。"

"是呀！"小岚皱了皱眉头，"我也没想到鲍瑜这么厉害。我以为徐昆和林悠悠能打败他们的。"

晓星突然想起了什么，懊恼地说："嘿，这回我们轻敌了！小岚姐姐，一直没机会跟你说，原来莫邪是鲍瑜的表妹，莫邪为了让陀罗队打败我们，给了他们五百万的培训经费，请来了各方面的专家，用了整整两个月的时间训练队员……"

晓星把打听到的消息告诉了小岚。小岚回想起鲍瑜的敌视态度，若有所思："原来是这样。"

第 *11* 章
紧张的车轮战

第一轮比赛的决胜局开始，鲍瑜刘易先手。

刘易释词，鲍瑜猜词。刘易看了看电脑，说："捂着听声音的器官，去拿别人的东西。"

鲍瑜脱口而出："掩耳盗铃。"

刘易兴奋地说："对！下一个。本来是朋友，现在闹了矛盾，情况越来越恶劣，变为敌人。"

鲍瑜说："反面无情，恩断义绝！"

刘易摇头："不是，更严重些。"

鲍瑜说："反目成仇！"

"对！"刘易继续描述："下一个，在战场上，兵强马

壮的一方，把对方杀得……"

鲍瑜说："片甲不留！"

"对！"刘易看着电脑上的成语"想入非非"，想了想说："下面这个成语指一个人胡思乱想，不切实际。"

"叮！"犯规的提示声响了，刘易犯规，说了成语中的"想"字。

刘易定了定神，继续描述下一个成语："不好的事情在上面掉下来。"

鲍瑜很快说："祸从天降！"

"对！"刘易松了口气。

他们这一局用了一分零一秒时间，答对四个成语。轮到黄飞鸿和陈晓了。

陈晓开始描述成语意思："不合情理的言语。"

黄飞鸿马上答道："胡说八道，胡言乱语。"

陈晓摇头："不是。第一个字是……有一本书叫'拍案惊'什么？"

黄飞鸿说："《拍案惊奇》，奇，奇谈怪论！"

陈晓说："对！形容天黑的时候，每座房子都很光亮。"

黄飞鸿又想到了一个："灯火辉煌。"

陈晓说："很多很多的人家。"

黄飞鸿眨眨眼睛："万家灯火！"

黄飞鸿答对了，但他们却被"叮"了，因为陈晓说了成语里的"家"字。犯规一次。

陈晓继续描述："你跟我没有缘故地争吵，故意捣乱。"

黄飞鸿答："无理取闹。"

陈晓说："对！你的目光非常的敏锐，任何细小的事物都看得很清楚。"

黄飞鸿答道："明察秋毫！"

"对！"陈晓很兴奋，看了看下一个成语"明知故犯"，说："下一个，已经知道这事不可以做，却还故意去做。"

叮！犯规提示音响了，陈晓不小心说了"故"字。朱莉惋惜地说："两次犯规，你们这局没分。"

"啊？"陈晓有点错愕，还不知道自己说错了什么。

朱莉提醒她："你说了成语明知故犯中的'故'字了。"

陈晓顿时呆住了："天哪！黄飞鸿，对不起！"

黄飞鸿忙说："不要紧，还有机会呢！"

也许是出师不利，让陈晓这个小女孩乱了阵脚，接下来的表现大失水准，结果，让鲍瑜刘易队先得两分，胜了这一轮。

朱莉惋惜地看着泪流满面的陈晓，宣布道："今天的车

轮战，胜出的是陀罗队。让我们以热烈的掌声祝贺陀罗队。"

场上的乌莎努尔观众虽然很替自己的队伍可惜，但仍然用掌声祝贺胜队陀罗队。

黄飞鸿和陈晓都十分沮丧，因为自己组的失误，输掉了车轮战。

黄飞鸿和陈晓垂头丧气地回到选手席，他们都觉得挺对不住队友。没想到队友们都没怪他们，小岚还给陈晓擦眼泪，安慰她："没关系，比赛还没有结束呢，我们争取淘汰赛的胜利就是。"

徐昆也在鼓励："小岚公主说得对，我们还有机会。"

晓星就信心满满地说："加油，最后胜利会属于我们的。"

"努力！"

"加油！"

士气一下又回到乌莎努尔队员身上。大家都憋着一口气，蓄势待发，准备夺取胜利。

接下来是残酷的淘汰赛。乌莎努尔队和天域队，每队剩下的三组人，两两对决，得分多的一队安全。

经过一番角逐，乌莎努尔队淘汰了天域队，成功进入下一轮比赛。天域队则淘汰出局。

看着天域队队员沮丧的样子，主持人朱莉说："天域队

的队员不要泄气，你们还有一次复活的机会。在后天开始的第二场比赛中，三个队都可以参加，如果天域队能拿到最高分，就可以淘汰掉最低分的组，晋级总决赛。"

"太好了！"天域队的座位区域一下子炸开了，他们拼命地鼓掌，为有机会反败为胜而兴奋万分。

朱莉看着天域队队长毕尔，笑着问道："能用成语形容一下你们现在的心情吗？"

"出人意外！"队长毕尔首先蹦出了一句。

其他人也都随口说出：

"绝处逢生！"

"喜出望外！"

"喜从天降！"

"惊喜若狂！"

见到队员们还要继续说下去，朱莉赶紧叫停，因为要掌握好节目时间呢："好好好，中国成语真是丰富啊，如果让你们一直说下去的话，可能说到太阳下山都未必说得完。"

"哈哈哈……"天域队员开心地笑了起来。

"第二轮比赛我们的赛场会设在小王庄，请各队各派三组队员参加。具体做法我们编导还在完善之中，暂时保密。因为要在小王庄待两天，所以大家记得带换洗衣服和洗漱用品。"朱莉说到这里，脸上带了一丝促狭的笑容，"第二轮比赛很有趣，请大家拭目以待。"

比赛结束后，小岚让队员留下，在小会议室开了个小会，检讨一下第一轮比赛的情况。

林悠悠有点不开心："我每逢遇到不好解释的成语就会紧张，容易犯规。"

小岚说："以后如果遇到实在不好解释的，就跳过一次。"

徐昆挠挠头："鲍瑜组合很厉害，我们在第二场比赛中要小心。"

"对！"小岚说，"明天还有一天时间可以备战，大家要抓紧时间再练习。我们现在可以讨论一下，想办法，找窍门，看怎样再缩短猜词时间。"

"噢，我有个小心得……"

大家七嘴八舌地发言，找出不足的地方，商量解决办法，半小时的短会，也带来不少收获。

"大家也累了，回家好好休息。这两天大家放松心情，尽量休息好，养精蓄锐为下一场比赛作准备。"小岚看看手表，接着说，"解散之前，我来宣布第二场比赛的三组队员名单——分别是我和晓星组合，徐昆和林悠悠组合，黄飞鸿和林棣棣组合。"

第 *12* 章
货车、自行车和十一号车

很快就到了第二轮比赛的日子，这天一早，小岚接到了黄飞鸿的电话，原来这家伙病了，快四十度的高烧，不能来参加第二轮的比赛。

花美男真够弱的。

小岚叫黄飞鸿好好休息，挂电话后想了想就给晓晴打了个电话，让她补黄飞鸿的位。

通过一段时间的恶补，晓晴的成语能力大有进展，在队员中也算是中上水平了。

"啊，让我代替黄飞鸿参加第二轮比赛？！噢，太好了！"小岚给晓晴打电话时，耳朵快被这家伙的高八度高音震聋了。

晓晴本来就是准备以工作人员身份跟小岚一起去小王庄的，所以也不用再收拾，拿起准备好的背囊就和晓星出门，跟小岚在约好的地方会合了。

三个人来到电视台大门口的集合点，见到另外三名队员徐昆、林悠悠和林棣棣已经等在那里了。

大家都知道晓晴的工作人员身份，所以对她的出现也不觉得奇怪。徐昆没见到黄飞鸿，便说："黄飞鸿这家伙怎么还没来，我打个电话给他，看他在哪里。"

小岚摆摆手说："不用打了。他病了不能来。"

"啊！严重不？"徐昆吓了一跳。

晓星代小岚回答说："非鸿哥哥扁桃腺发炎，发高烧，快四十度呢！"

"啊，那我这组不是少了一个人吗？谁替他出赛？"林棣棣担心地问。

晓晴指指自己，说："一个大活人在呢，没看见吗？"

林棣棣马上夸张地喊道："哇，是晓晴漂亮姐姐呀，欢迎你啊！那我就如虎添翼了。"

虚荣心大受满足的晓晴胸脯一挺："那肯定。美女出马，一个顶两个！"

晓星用手捂着半边嘴，小声说："臭美！"

晓晴一记手刀劈到晓星脖子上："你说什么？"

晓星吓得赶紧跑到小岚后面："小岚姐姐救我！"

正在打闹，天域队的三组选手来了，他们是队长毕尔和梵娜组合，王格格和普树组合，米格和宁朗组合。接着陀罗队也到了，六名队员分别是队长鲍瑜和刘易组合，麦克和高斯组合，霍婷和雷曼组合。

选手刚到齐，就见到一部豪华大巴士开来了。车门打开，走下来穿着 T 恤牛仔裤的主持人朱莉，后面还跟着一个高大帅气的大哥哥。

朱莉拍拍手，对大家说："嘿嘿嘿，给大家介绍一下这位大帅哥！他就是我们这次成语赛的编导，以前因为怕节目设计得太难被人打，所以一直躲在幕后，这次户外做节目，我把他拉来帮忙了。希望你们不要打他哦！"

大家听了哈哈大笑起来。编导哥哥尴尬地笑着。

朱莉又扬起嗓子，喊道："嘿，大家可以上车了！"

"嘿，上车了！"晓星拉着林棣棣的手，两人大呼小叫地抢先上车。

这里就数他们两人最兴奋，就像小学生去秋游那般开心。

　　旅游巴士十分宽敞，十八名选手加上朱莉、编导哥哥，还剩了很多位子，所以队员们基本上可以一个人坐一个双人座。只有晓星和林棣棣还黏在一起，两人挤一排椅子兴致勃勃地指着窗外说着什么："哇，晓星哥哥，后面有部车老是跟着我们呢！不会是坏人吧？坏人想绑架我们？"

　　"笨！没看到车身的字吗？这是电视台的车，车里是摄像大哥，他们是负责拍摄这场比赛的。"

　　车子在路上行驶大约半个小时后，坐在最前面的朱莉站了起来："大家静静，下面跟大家讲这次比赛的有关事情……"

　　"嘻嘻……哈哈……"车厢里发出笑声，原来是晓星和林棣棣两个小家伙。

　　朱莉瞪了他们俩一眼："笑什么？"

　　林棣棣说："晓星哥哥说，你好像旅行社导游呢！嘻嘻嘻……"

　　"噢，真是有点像哦！"朱莉哈哈一笑，"好咧，现在开始说正经的，让本导游说一下接下来去那些景点……"

　　"哈哈哈……"朱莉的话惹得车厢里一阵大笑。

　　朱莉清了清嗓子，说："OK，咱们下面真的要说正经的啰。这一轮比赛，我们会采取生动有趣的游戏形式，在游

戏中比赛，在比赛中游戏。这两天里，比赛的得分不但会影响赛果，而且还直接和待遇挂钩，想住得舒服、吃得开心，就请各位努力了。"

这时候，车子速度慢了下来，又停住了，朱莉说："好了，大家可以下车了。"

"噢，到了到了！"林棣棣欢呼着，拉着晓星抢先跑到车门口，等车门一开，就跑下了车。

停车的地方，是一个清澈碧绿的湖边，湖边有一片大草坪。草坪足有一个足球场大，绿茵茵的草就像一块巨大的地毡，踩上去舒服极了。

"我们就在这录节目吗？这地方不错哦！"

"节目组很会挑地方。"

队员们都东张西望，七嘴八舌议论着。

这时候朱莉说了一句大煞风景的话："以为这就是目的地吗？错！"

"啊，不是目的地？那我们的目的地在哪里？"

"不是目的地，那为什么旅游巴士开走了呢？"

"还准备去哪里？"

朱莉说："问题少男、问题少女们，请大家按队伍坐好，然后请我们的编导哥哥回答你们问题。"

很快，三支队伍就整整齐齐地坐好了。

由右手边开始，乌莎努尔队、陀罗队、天域队。大家都眼巴巴地看着站在队伍前面的编导哥哥，等他开口说话。

编导哥哥看上去挺和善的，他笑眯眯地说："我们的目的地是小王庄，离这里还有九公里。"

选手一听便嚷开了。

"既然还没到，那旅游巴士干吗离开了呀？"

"是呀，好奇怪哦！"

编导哥哥说："因为，接下来的九公里，我们会转换其他三种交通工具。"

"哇，会转换交通工具，还三种那么多。真棒！"林棣棣的脑袋很富想象力，他说："是转直升机吗？还是转坐气垫船？太棒了，那我一天之内就可以实现三个愿望了，坐车，坐飞机，坐船！"

天域队的王格格问："编导哥哥，究竟是哪三种交通工具？"

编导哥哥回答说："是货车、自行车、十一号车。"

"啊！"一片失望的怪叫。

"为什么不是飞机和船？"

"可以这三样都不选吗？"

　　"三样都不选也可以啊，不过，有九公里的路程哦！不选这三样就只能像小狗一样四脚爬去啰。呵呵呵！"编导哥哥笑得好阴险啊，原来他之前的和善是假的哦。

　　选手们憋屈得不要不要的。

　　编导哥哥继续阴险地笑着："这三样交通工具也不是任人随便挑的，可以使用哪种，就看你们接下来在比赛中的表现了。好，下面的事情交给我们主持人。"

　　朱莉代替编导哥哥站到队伍前，她说："我们的编导哥哥是不是很和善很通情达理呢？"

　　得到很一致的回答："不是！"

　　"你们现在最想做的事是什么呀？"

　　林棣棣抢着喊道："把编导哥哥扔湖里！"

　　朱莉幸灾乐祸地对编导哥哥说："看来你之前躲在幕后是非常明智啊！否则肯定活不到今天。好，之后你要好好保重了。"

　　朱莉揶揄了编导哥哥，继续说："下面，我们就开始第一轮比赛。请每队各派出一组选手，猜两个成语，时间最短的可以拿到一分，并且有优先权选交通工具；时间第二短的拿到零点五分，并且有第二选交通工具的权利；时间最长的没有分，而且只能使用挑剩的交通工具。大家明白了吗？"

"明白！"

"好。乌莎努尔队先猜，谁先来？"朱莉问小岚。

小岚说："徐昆和林悠悠吧！"

朱莉点点头，说："好，请徐昆、林悠悠出赛。"徐昆和林悠悠应声而出，面对面站到众人面前。林悠悠解释，徐昆猜词。

工作人员站在林悠悠的后面，举起一个牌子，徐昆看了牌子上的字一眼，说："指双方仇恨极深，没有同时存在的可能。"

林悠悠转转眼睛："不共戴天，势不两立。"

徐昆说："第二个对。下一个，打仗时，双方人马都被打得很惨，谁也没得到好处。"

林悠悠回答："两败俱伤。"

"二十四秒，不错。"朱莉满意地点头，"下面是天域队。你们派谁应战？"

毕尔站起来，说："我和梵娜。"

毕尔描述，梵娜猜词。毕尔说："指一个医生医术高明，令病人很快痊愈。"

梵娜想了想，说："起死回生。"

毕尔说："差不多，最后一字是季节。"

梵娜眼睛一亮："妙手回春！"

毕尔大声说："对！"

毕尔接着看了看脑上的成语，说："贬义词。公开的、肆无忌惮地干坏事。"

梵娜答道："明目张胆。"

"二十五秒，噢，一秒之差，可惜了！"朱莉说，"下面是陀罗队。你们派谁？"

鲍瑜站起来说："麦克，高斯。"

比赛开始。

麦克描述："有人传谣言，闹得……"

高斯回答："满城风雨！"

"对！"麦克接着释义，"随着一根细长细长的植物，去找它的圆圆的果实。"

高斯皱着眉头："什么东西？"

麦克着急地说："葡萄那根长长很有韧劲的枝叫什么？"

高斯想了想："藤？"

麦克喊道："对！随着这根东西去找篮球状的绿色水果。"

高斯恍然大悟："顺藤摸瓜！"

"天哪，好惊险！二十四秒，二十五秒，二十六秒，每队都是一秒之差。"朱莉拍拍胸口，又说："其实这一轮比赛大家表现都不错，猜得很快。不过比赛场上总要分出胜负，不好意思了，陀罗队，你们用了二十六秒，时间最长，这轮没分。乌莎努尔队得一分，天域队得零点五分。"

"噢噢噢，我们这次不是最差的一队了！"天域队最兴奋，开门大吉，第一轮比赛得了第二，终于打破了垫底的霉运了！

乌莎努尔队也很开心，不但先拔头筹，还可以首先选择交通工具。

只有陀罗队队员们一脸的不甘和迷惘，怎么一下子就从昨天的头名变成现在末位呢！

朱莉对小岚说："按照游戏规则，乌莎努尔队，你们可以首先挑交通工具。"

林棣棣跳起来："当然是挑十一号车。坐巴士，我们坐巴士！"

"住嘴！"林悠悠急得用手去捂林棣棣嘴巴。

"嘿嘿嘿，坐下！"小岚叫林棣棣坐下，她对朱莉说："我们要自行车。"

"公主姐姐，为什么不选十一号车？有巴士坐多好，又

舒服又快！"林棣棣很不理解。

"小呆瓜，十一号车不是巴士。"林悠悠拉了林棣棣一把，说："你站着时，两条腿像什么？"

林棣棣眨眨眼睛："像并排着的两个阿拉伯数字 1 呀。啊，11，难道 11 号车就是用两条腿走路！"

林悠悠白了他一眼："就是！"

林棣棣恍然大悟："啊啊啊，节目组骗小孩，差点上当了！"

这边林棣棣明白了，那边晓晴又不明白了，她拉了小岚一下，说："小岚干吗不要货车，虽然没有巴士舒服，但到底也是不用费劲可以轻松到达呀！骑自行车，累死了。"

小岚摇摇头："不就骑半个小时的车嘛，也没比我们平时做运动累多少。"

晓晴嘟囔了几句，没再吭声了。

朱莉说："好，乌沙努尔队选自行车，天域队呢？"

毕尔说："我们选货车。"

朱莉说："好，那对不起，陀罗队，你们只能选十一号车了。"

九公里的路程，走路要差不多两个小时呢！陀罗队员们嘴上不说，但心里早把编导哥哥骂死了。鲍瑜更是脸黑黑的一副"你们欺负人"的憋屈样。偏偏晓星和林棣棣这两个幼稚鬼不甘寂寞，不住地朝他们吐舌头瞪眼睛扮鬼脸，把他们气得不要不要的。

心理不平衡啊，陀螺队员们眼睛到处瞅，想找那个罪魁祸首。

"编导哥哥快出来，我们保证不打你！"

编导哥哥躲在一棵大树后，心想，哼，傻子才出去呢！

鲍瑜这时腾地站了起来："走路就走路，哼，当运动好了。陀螺队，出发！"

工作人员推来了五辆自行车。林棣棣太小不放心让他骑，所以就让他坐徐昆的车后座，由徐昆带他上路了。小家伙还不愿意呢，一路都嘟着嘴不开心。

这天天气很好，阳光灿烂，阵阵凉风吹拂挺舒服的。小岚他们一共五辆自行车，飞驶在通往乡间的柏油路上，十分开心惬意。连一向怕辛苦的晓晴也不觉得累，把车子蹬得一阵风似的。

喜欢唱歌的林悠悠边蹬着自行车，边放声唱起歌来："今天天气好晴朗，处处好风光好风光……"

其他人也会唱这首电视剧《还珠格格》里的插曲，就一齐唱了起来。

铺满阳光的大道上，骑着自行车的意气风发的少年，激情嘹亮的歌声，坐着敞篷车在后面跟拍的拍摄大哥，不失时机地拍下了眼前这幅洋溢着青春气息的美丽画面。

忽然见到前面一行六人匆匆行走的队伍，是比他们早了十多分钟出发的陀螺队队员呢！

"陀螺队，加油啊！"

"陀螺队，小王庄见！"

鲍瑜挑了挑嘴角，没作声。

其他队员就嚷嚷着："小王庄见！"

正在这时，一辆大货车慢慢驶过，咦，是天域队坐的车！

怎么听到车厢里有"哼哼嗯嗯"的古怪声音，还随风飘来一阵难闻的味道。哇，原来车上放了很多笼子，笼子里面……

笼子里面竟然关着一只只肥头大耳的大胖猪！

再看看车上的天域队六个队员，一个个捂着鼻子、皱着眉头、哭丧着脸。

"哈哈哈！"鲍瑜首先幸灾乐祸地笑了起来。

"哈哈哈哈……"其他陀罗队的人笑得更夸张。

这班要强的家伙，一直为自己输了刚才的第一轮比赛，要走路去目的地而懊恼万分。现在见到赢了他们的天域队如此狼狈，心里太痛快了。

其他人见到天域队员和猪在一起的狼狈样子，也都忍不住笑了起来。林棣棣笑到低头弯腰，不料撞到前面骑车的徐昆，自行车失去平衡，一歪，差点栽到路旁的果园里。

晓晴和小岚并排骑着车，她说："小岚，幸好你有先见之明啊！要不和猪在一起的就是我们了。"

小岚耸耸肩，其实她也并不知道货车运的是猪。只是觉得与其坐货车不如骑自行车，路上可以欣赏乡村风光，可以晒太阳，可以锻炼身体，一举三得。没想到却避免了和猪一起上路的尴尬。

第13章
失败者要饿肚子?

小岚的队伍骑着自行车,四十分钟不到便到了小王庄。

"哇,好漂亮啊!"跳下自行车,大家都忍不住大喊起来。

只见近看河水清清,杨柳依依,远看一片片黄色的油菜花田,阳光照耀下就像金色的海洋。

大家都很开心,平时生活在大城市,哪见过这么美丽的大自然风景啊!小伙伴们都纷纷拿出手机,这拍拍,那拍拍,拍完了又忙着发朋友圈。

小岚也拍了不少照片,正在与晓晴分享,忽然听到有人喊:"小岚,小岚!"

小岚一看,原来是朱莉。朱莉一开始也叫小岚公主殿下,只是小岚一再说在节目中不用这样正式，朱莉这才改了口。

朱莉站在一个大操场的边上，在她十几米远的地方，是几台架好的摄像机，五六名摄像大哥及助手在忙碌着。编导哥哥坐在一边一脸无害地笑着，不过大家都知道他一定在想着什么玩弄选手的坏主意。

朱莉笑着朝小岚招手："小岚，快来呀！"

"来了！"小岚应了一声，便喊队员们过去。

朱莉招呼选手们坐，那里有十几张长条石凳。

晓星看看四周："怎么不见毕尔哥哥的队伍？他们不是应该最早到的吗？"

朱莉指指对面："喏，在那！他们已经洗了好一会，都快把皮擦掉了。"

只见不远处的小河边，有人在洗手，有人在擦脸，有人在洗脚，分明是天域队那六个倒霉蛋。

徐昆一脸的幸灾乐祸："哈哈，编导哥哥也太缺德了，怎么就找了一辆运猪车来载他们呢！"

朱莉噗嗤一笑："其实也不怪他哪。电视台附近有一家物流公司，跟我们很熟的。之前工作人员打电话去问他们有没今天上午去小王庄送货的货车，他们说有，工作人员就请他们顺路载我们部分选手过去，当时也没问是装的什

么货。真没想到是运了一车大胖猪！哈哈哈……"

晓星和林棣棣像小猴子一样在操场上撒欢，晓星对朱莉说："朱姐姐，有羽毛球拍吗？我们可以打一场友谊赛，反正陀罗队现在应该还在半路上磨蹭呢！"

"他们快到了。其实说让他们走路来也是吓唬一下他们，那部运猪的货车卸货之后已经回头去接他们了。大概十来分钟后他们就会到了。"朱莉说。

徐昆乐了："哇，那陀罗队也荣幸地坐了一回猪车吗？"

晓星大笑："哈哈，编导哥哥英明！"

幸灾乐祸这事，向来少不了晓星这家伙。

正说着，听到一阵汽车的轰鸣声，见到一部货车减速向这边驶来，正是那部运猪车。

货车停在十几米远的地方，砰砰砰从后面车厢跳下一个又一个人来："臭死了，臭死了！"

"快找地方洗洗！一身的猪粪味！"

"天哪，我鞋底有一坨猪屎！"

一行人发现了小河，都两眼放光芒跑过去，忙着洗洗涮涮。

"哈哈哈……"本来一肚子不满的天域队队员，开心得不要不要的。有人陪着自己倒霉，太爽了！

过了十几分钟，鲍瑜才带着队员洗好走过来，十二只眼睛都死死地盯着编导哥哥，这仇可记下了。

朱莉笑眯眯地说："能用成语形容一下你们一路来的心情吗？"

"筋疲力尽！"

"喜出望外！"

"乐极生悲！"

"臭不可闻！"

"死里逃生！"

还真是能概括出他们这一路的心路历程呢！

先是走路走到"筋疲力尽"，接着听到会有车来接马上"喜出望外"，谁知"乐极生悲"来了一部运猪车，上车后马上觉得"臭不可闻"，好不容易到目的地了，下了车让人有"死里逃生"的感觉。

朱莉做出一副惊呆了的表情："哇，原来成语的概括力那么强。"

大家都嘻嘻哈哈笑起来，之前的沮丧也一扫而光了。

又到编导哥哥宣布游戏规则了。编导哥哥一站到队伍前，就打了个颤，哇，好多双不怀好意的眼睛哦！

不过，人家编导哥哥是很专业敬业的，为了节目的收视，

就得下死劲地去折磨这些选手。

"咳咳！"编导哥哥清了清嗓子，"第二轮的比赛，除了可以得到积分外，还决定你们今天中午会不会饿肚子……"

"哇……"选手们全起哄了。

太残忍了！之前是用胜负来决定交通工具，结果两支队伍都被猪的臊味和大小二便气味熏得臭臭的。

难道又要面临挨饿的厄运！不要，不要，我们不要饿肚子！

晓星悄悄问小岚："小岚姐姐，你悄悄告诉我，这些馊主意有你的份儿吗？"

小岚打了他一下说："废话，我有那么蠢，自己害自己吗？"

在选手们的抗议声中，编导哥哥很和善地笑着，看上去好像会考虑诉求的样子，可是，当抗议声一停，他就说："只有无能者才会饿肚子。我相信你们都不会是无能者。"

再没有人吱声了。谁会承认自己无能呀！

编导哥哥得意地扫了大家一眼，继续说："今天的午饭要自己解决，但我们会为你们准备好获取食物的工具，第一名的可以先选择自己认为最好的工具，第二名可以在剩下的工具里挑，而没有分的那一队，就只能拿别人挑剩的啰……"

选手们看着编导哥哥的眼睛又嗖嗖地喷着冷气。参加录制节目竟然要自己去找食材，还要自己煮食，简直是惨无人道啊！编导哥哥身上痒痒了，讨打了。

编导哥哥不由得又打了个寒战，看来今天晚上睡觉得把门窗都关好才行。

让编导哥哥当了箭靶子之后，腹黑主持人朱莉笑眯眯地把编导哥哥拨到一边，她说："下一轮比赛，仍然是每队各派出一组选手，不过这次是每组猜四个成语，用时最短的可以拿到一分，用时第二短的拿到零点五分，用时最长的没有分。大家明白了吗？"

"明白！"

朱莉说："好，下面我们就开始第二轮的比赛。这轮是天域队先手。"

王格格和普树站了起来，走到主持人身边。工作人员举起一个牌子，站在负责猜词的普树后面。王格格抬头看了牌子上的字一眼，说："最前面的字和第三个字是相同的，是数字里面最小的。"

普树盯着王格格："一？"

王格格点头："对。第二个字和第四个字都是植物。"

普树马上说："一花一草，一草一木！"

王格格说："一草一木对！下一个形容变化极多，第一和第三字是也是数字……"

叮！

"王格格犯规！要猜的成语是'千变万化'，你说了变化两字了。"朱莉插了一句。

"噢！"王格格懊恼地拍了自己嘴巴一下，"下一个，用来比喻对敌人、逃犯等的严密包围。平时我们会说，布下了什么？"

普树回答："天罗地网。"

"对！"王格格看了看牌子上的下一个成语"阴差阳错"，有点迟疑地说："是用来比喻由于偶然的因素，而造成了失误……"

普树挠头、苦苦思索："由于偶然的因素，而造成了失误……是什么呀？跳过吧跳过吧！"

比赛是可以有一次"跳过"的，不扣分。

"好，那就下一个！噢，这个成语是用来形容时间过得极快。我们常用的，耳熟能详的。"王格格说。

"光阴似箭？"

"对！下一个，气愤得头上的毛都竖了起来，顶着帽子。"

普树脱口而出："怒发冲冠。"

朱莉说："普树王格格组合，用了一分二十一秒。"

下一个比赛组合是陀罗队的霍婷和雷曼。

雷曼看了看写着成语的牌子："一个四面用围墙围起来的，上面没有盖子的地方，处处都是天气回暖的那个季节美丽的风景。"

霍婷想了想："四面用围墙起来的，上面没有盖子的地方，花园？"

雷曼点点头："对，继续猜！"

霍婷眼睛一亮："春色满园！"

"对！"雷曼继续描述，"大自然里上面和下面全是白茫茫一片，很冷很冷。"

霍婷说："下雪？天寒地冻？"

雷曼说："近似。"

霍婷说了一串的成语："白雪皑皑、冰雪严寒、冰天雪地、滴水成冰……"

"第三个对！"雷曼紧接着说下一个，"形容人又焦急又愤怒，大发脾气的样子，好像天上吓人的轰隆隆的声音。"

霍婷说："雷声？暴跳如雷！"

雷曼点头："对。下面这个成语，可以用来形容现在的比赛。"

霍婷说："龙争虎斗！"

雷曼摇头："跟时间有关的。形容充分利用时间。"

霍婷说："分秒必争！"

雷曼还是摇头："差一点点。你刚才说的最后一个字是第一个字。"

霍婷睁大眼睛："争？噢，争分夺秒！"

雷曼喊道："对！"

霍婷雷曼组合用时一分零七秒。暂时领先。

接着轮到乌莎努尔队的晓晴和林棣棣组合。

晓晴看了牌子一眼："我很厉害，所以在这场比赛中……"

林棣棣大声说："大显身手。"

"对！"晓晴叫道，"搀着年纪大的，拉着年纪小的。"

林棣棣不加思索地回答："扶老携幼。"

"对！"晓晴继续说，"比喻玩弄手段蒙骗人。"

林棣棣说："欺上瞒下。"

晓晴急了："不是。扮成天上的那些，又装成地下的那些，蒙骗人。"

叮，犯规提示音响了。

朱莉说：“晓晴犯规，说了装神弄鬼的装字。”

“啊！”晓晴懊恼地噘噘嘴，继续说，“下一个，尽情地、痛快地把要说的话都说出来。”

林棣棣想了想：“言无不尽。”

晓晴摇头：“不是。你刚才说的第一个字，是这成语的最后一个字。”

林棣棣：“畅所欲言。”

“对！”晓晴看了下一个成语“目不暇给”，马上描述：“美好新奇的事物太多，眼睛都来不及看了。”

叮，犯规提示音响了。

晓晴和林棣棣顿时愣在当场，不知道犯规在哪里。

朱莉说：“晓晴说了‘不’字，犯规。这局零分。比赛结果：第一名陀罗队，得一分；第二名天域队，得零点五分；第三名乌莎努尔队，零分。”

第 *14* 章
编导哥哥，我们保证不打你！

在乌莎努尔队员的一片哀嚎声中，朱莉耸耸肩，摊摊手，表示爱莫能助："好了，第一轮已经分出胜负，现在请编导哥哥说说胜利者可以享受什么福利了。"

编导哥哥又带着他招牌善良笑容出场了，他笑嘻嘻地指着石凳上的三样东西，说："这里有三个东西。第一个是一份食材，包括两大袋冷冻饺子和两斤大白菜，一只鸡，附送一只煮食小锅。第二个是一个小网兜，第三个是一个打火机。三个东西，每个队可以选一个，陀罗队第一名可以先挑。"

鲍瑜想也不想就把那份食材拿了，大白菜和鸡可以熬汤，再放上饺子，美味哦！

天域队毫不犹豫拿了小网兜，他们刚才在河边洗刷时，看见水里有鱼，小网兜正好用来抓鱼。来一顿"全鱼宴"也很棒啊！

剩下乌莎努尔队看着那个小小的打火机发呆，晓星沮丧地说："打火机能吃吗？我决定今天半夜去揍编导哥哥了，反正肚子饿睡不着，揍他一顿出出气。怎么可以想出这么残忍的游戏呢！"

"我也去我也去！"林棣棣一向唯恐天下不乱。

"去你个头！"小岚一手拿起打火机，眨眨眼睛，说，"会有人给我们食物的。放心好了。"

大家都半信半疑的，怎么会有这么好的事呢！天域队能不能抓到鱼也很难说，到时他们自身难保，更谈不上帮别人了。陀罗队队长看上去对人一点不友好，肯定不会把自己的食物跟别的队伍分享的。可是看到小岚一脸的笃定，他们也不担心了。

有小岚在，不会饿肚子的。谁敢让公主饿肚子呀？公主不会饿肚子，他们也就不会饿肚子，因为公主向来是"有福同享"的。

看到天域队的队员拿着网兜去河边网鱼去了，陀罗队

也忙着张罗洗菜洗肉，小岚说："我们可不要辜负了这么好的风景，继续游玩、拍照！"

一行六人欢天喜地地玩耍去了，看看风景、抓抓蝴蝶、摘摘野花、拍拍照片，开心得不要不要的。

"喂，你们快来看，这些小逗号似的是什么呀？好可爱！"林棣棣蹲在小河边，兴奋地看着水里什么东西。

晓星跑过去一看："哇，好多小蝌蚪！"

大家都跑去看，果然看到水里有十几条头大尾小的灰黑色小不点，在快活地游来游去。果然好像一个个小逗号呢！

"小蝌蚪？不就是青蛙小时候吗？"徐昆兴致勃勃地看着。

他长这么大，还没见过活的小蝌蚪呢！以前只是在教科书或者电视里见过。

林悠悠也没见过，她蹲在弟弟旁边，不眨眼地瞧着："好神奇哦，这样的小不点，竟然会慢慢长出脚和尾巴，成为青蛙。"

林棣棣很兴奋："不如我们抓几条回去，看看它们是怎样变成青蛙的。"

林悠悠摆手说："不要不要，看样子它们是一家子呢，看玩得多开心呀，别把它们拆散了。"

林棣棣想想姐姐说得也对，要是别人把自己跟家人拆散，自己肯定会哭死呢！

林悠悠见弟弟这么乖，便许诺说："在网上有关于小蝌蚪变青蛙的视频，回家后我找给你看。"

就这么逛逛玩玩的，很快过去大半个小时了，看到远处的村子里升起了炊烟，应该是家家户户都开始做饭了。

小岚说："好，我们也得回去做吃的了！"

"好啊！"五个队员跟在小岚后面往回走。他们都很好奇，看谁会给他们送吃的来。

路上碰到兴高采烈的天域队队员，看样子有收获哦，一个透明的大塑料袋里，装着十几条半尺长的鱼呢！他们一个个身上又是泥又是水的，看来那些鱼真是得来不易呢！

回到大操场，见到鲍瑜和她的队员无精打采地坐着，旁边是架好了柴的小锅，小锅里是洗好的白菜，还有一只鸡。

晓星跑过去瞅了瞅，发现食材还是生的："哈，敢情大半个小时你们都在发呆呀！"

鲍瑜气鼓鼓地说："没火，怎么煮！"

林棣棣说："真笨，找工作人员要去呀！"

刘易说："他们早跑光了，一个人都找不着。"

"哈哈哈……"晓星大笑起来，"看来饿肚子的不止我们一队了！"

天域队的六个人拿着鱼也愣住了，那岂不是连他们都要饿肚子，因他们也要火来烤鱼。

王格格好生气啊，她喊道："编导哥哥快出来，保证不打你！"

"咦！"突然有人大喊一声，把大家了一跳。原来是天域队队长毕尔。

毕尔两眼发光看着小岚："你你你你你……你们队不是拿了一个打火机吗？"

"哄"地一声，大家都想起来了，没错呀，乌莎努尔队最后拿了那个没人选的工具，就是打火机！

小岚笑嘻嘻地从口袋里拿了打火机出来，朝大家摇了摇。

鲍瑜和毕尔同时说："借给我们！"

小岚笑了笑，说："借给你们可以，但要用东西来换。"

毕尔说："可以。等鱼烤好了请你们吃。"

鲍瑜想了想，有点不情愿地说："那……那我们请你们吃饺子吧！"

小岚眨眨眼睛，笑着说："天域队有鱼，陀罗队有鸡和饺子，我们有火，我建议，咱们互相帮助，合在一起做一顿好吃的。"

"赞成！"小孩儿们都爱凑热闹呀，小岚这建议他们喜欢。

只有鲍瑜不太乐意，她不想跟小岚他们玩，因为表妹不喜欢他们呀！但见到自己队员都拿了打火机咋咋呼呼地开始点火熬汤了，也只好由他们去了。

再说悄悄躲了起来的编导哥哥和其他电视台职员，听到外面一片热闹的嚷嚷声，都鬼鬼祟祟地探头探脑，却意外地看到，三队比赛上斗得你死我活的选手，如今开开心心地围在一起做吃的，烧火的烧火，烤鱼的烤鱼，煲汤的煲汤，对手之间一团和气、合作愉快……

这场面让他们看呆了。怎么跟他们设想的差那么远啊！还以为这些被捉弄的小屁孩会呼天抢地啊、以头撞树啊、互相埋怨啊，甚至马上回家找妈妈哭诉，没想到现在却是一片和谐，你好我好大家好。

"啊。那不是编导哥哥吗？"不知是哪个眼尖的说。

"找他算账去！"

"别走，我们保证不打你！"

编导哥哥吓得掉头就走。

第 *15* 章
福娃家

选手们热热闹闹地吃了一顿有鱼有鸡有饺子的丰盛午饭，稍作休息，又开始了第三轮比赛。

主持人朱莉说："下面，我们请你们最爱的编导哥哥，说说下面环节时间了。"

哇，简直是"仇人相见，分外眼红"啊！一把把眼刀"嗖嗖嗖"飞了出去。这个故事告诉我们，小屁孩都是记仇的！

但是，人家编导哥哥很有专业精神呢，他仍然带着一贯的和善笑容站到了队伍前面："第三轮比赛，是我们今天这场比赛的最后一轮。目前的比分是三个队各得一分，所以这轮比赛就是决胜负的关键一轮了。正如之前我说过的，

第二场比赛如果天域队能拿到最高分，那你们就可以复活留下，把最低分那队淘汰掉，参加冠军争夺赛。但如果天域队只拿到第二名，那就对不起了，你们可以收拾行李回家睡大觉了。因此，这轮比赛对你们三个队很重要，一不小心，你们都会成为收拾行李回家的那一支队伍。"

"我们都要加油啊！"

"我们队一要赢！"

"加油加油加油！"

队员们都在给自己和队友加油。

编导哥哥继续说："今天比赛的输赢，还会决定……"

大家一听就起哄了，编导哥哥阴招又来了，你还有完没完！

晓星喊道："是不是又没饭吃？"

编导哥哥忙摇头说："不是。不论输赢，所有人都会有一顿丰富的晚餐。"

看来编导哥哥还没那么坏。

"但是……"编导哥哥说到这里停了停。

坏了坏了，又来了！

"但是，这最后一轮比赛的结果，决定了我们睡什么样的房子。"

　　林棣棣举手发问："会不会有一支队伍没有房子住，要露宿街头？"

　　编辑哥哥善良得像只小兔子："不会啊，怎么可以这样对待你们呢！"

　　哼哼，不给吃的都做得出来，不给住的很奇怪吗？

　　编导哥哥继续说着："反正人人有房子住，放心好了。等会儿比赛完，决定了名次，我再具体给你们讲。"

　　姑且先听着吧。

　　朱莉说："好了，第三轮比赛开始了。这轮比赛仍然是一组决胜负。每队只派一个组别参赛，这个组的成绩就是第三轮赛事的各队的成绩。赛事采取限时计数对抗赛的方式，每队都有九十秒的时间，在这九十秒时间内完成成语数量多的获胜，可以有一次跳过和一次犯规的机会。"

　　好紧张啊！各队都派了最好的一组选手参赛——

　　陀罗队鲍瑜、刘易，乌莎努尔队小岚、晓星，天域队毕尔、梵娜。三位队长都出战了。

　　陀罗队先手。

　　朱莉宣布："计时开始。"

　　工作人员站在鲍瑜后面，举起写着成语的牌子，朱莉按下手里的秒表。

刘易看了看要猜的成语，看着鲍瑜说："如果我们队拿了冠军，那可以用一个什么词形容？"

鲍瑜说："众望所归。"

刘易高兴地说："对！下一个成语，写东西或做事情按着事物的规律就能做好。也比喻某种情况自然产生某种结果。"

鲍瑜说："顺理成章。"

刘易说："对！我看一本很精彩的书，真是看得……"

鲍瑜脱口而出："心情愉快，聚精会神！"

刘易摇头："不对，好像吃到好吃的东西。"

鲍瑜答道："津津有味。"

刘易点头："对。下一个，根据你的成绩给你一定的奖励。"

鲍瑜想了一会儿："论功行赏！"

刘易说："对。表扬一个人做了很了不起的好事、品行又非常好。"

鲍瑜答道："歌功颂德。"

刘易很开心："对。有人做了很多坏事，令不满的说法充满路上。"

鲍瑜随即答道："民怨沸腾、民愤极大……"

"意思一样。"刘易又再强调,"不满的声音充满路上。"

叮,犯规提示音响了。刘易一拍脑袋,意识到一急之下把"怨声载道"的"声"字说出来了。

鲍瑜皱着眉头,催促道:"别浪费时间,下一个。"

刘易赶紧看下一个成语:"事情没发生就能看清问题,能预测到事物的发展。"

鲍瑜紧皱眉头想了一会儿,实在想不出来,一挥手:"跳过!"

刘易说:"额头上两条毛毛虫竖了起来,毛毛虫下面的两只用来看东西的器官睁得大大的。形容发脾气或发呆的样子。"

鲍瑜马上答:"直眉瞪眼。"

朱莉宣布说:"时间到。九十秒,五个词。"

接着出战的是乌莎努尔队。

晓星描述,小岚猜。

晓星说:"一个人预计很准,像天上的仙人一样。"

小岚立刻回答:"神机妙算。"

晓星摇头:"不是。"

小岚再答:"料事如神!"

晓星说:"对,下一个,我姐姐常做的事。"

小岚脱口而出："无理取闹！"

晓星开心地说："对！我常常夸自己的，其中一个字是植物。"

小岚瞅他一眼："玉树临风。"

"对！"晓星继续描述："指很多世，很多辈，时间很久很长。"

小岚说："世世代代。"

晓星说："差不多。第一个字和第三个字是数字。"

小岚马上答道："千秋万代！"

晓星喊道："对。下一个，那哗啦啦流动的东西下去了，那一块块硬硬的东西露头了。比喻事情的真相完全显露了。"

小岚回答："水落石出！"

晓星高兴地嚷道："对。下一个，形容欣喜到极点。"

小岚说："惊喜若狂？"

晓星摇头："不是。你再猜……"

叮。犯规提示音响起。

"晓星犯规，'乐不可支'，你说了'不'字。"朱莉说。

"哎呀！"晓星使劲拍了自己后脑勺一下。

朱莉宣布："时间到了，九十秒六个词，乌莎努尔队暂时第一。下面是天域队毕尔和梵娜出战。"

　　天域队这一轮比赛很关键，能不能复活就这一次机会了。毕尔和梵娜依次和队员击掌，决心尽力一拼。

　　梵娜描述："好的人和坏的人混杂在一起，不是一样的。"

　　叮。犯规提示音响起，朱莉说："成语'良莠不齐'，说了'不'字。"

　　梵娜愣了愣，毕尔说："不要急，继续！"

　　梵娜振作精神："下一个，胸膛里存在着恶意或阴谋诡计。"

　　毕尔答："居心不良。"

　　梵娜说："对。下一个，比喻变化多端或花样繁多。"

　　毕尔想了想，答："形形色色。"

　　梵娜看着他："不是。第一和第三个字是数字。"

　　毕尔再答："五光十色。"

　　梵娜有点着急："再猜。"

　　毕尔想了想："五花八门。"

　　梵娜大喜："对！下一个，形容一个人跟别人相处时很自然，不会扭扭捏捏。"

　　毕尔回答："温文尔雅，落落大方……"

　　梵娜说："落落大方对。下一个，把人欺负得很过分，令人不能容忍。"

叮，犯规。

朱莉说:"'欺人太甚'你说了'欺'和'人'两个字了。"

梵娜猛地捂住嘴:"啊!"

朱莉叹了口气:"太可惜了，两次犯规，零分。"

梵娜很难过，毕尔虽然心里也不好受，毕竟是彻底输了，再没机会了，但他还是安慰梵娜说:"没事，胜败乃兵家常事。"

毕尔拉着梵娜的手回到自己队伍。

朱莉拍了一下手说:"好，现在成绩已经出来了，乌莎努尔队，得一分，陀罗队，得零点五分，天域队，零分。也就是说，能进入总决赛的两支队伍是乌莎努尔队和陀罗队。"

"哗啦啦……"掌声响起，祝贺两支队伍胜出。

虽然天域队没能进入决赛，但他们都很有体育精神，用掌声表达对胜队的祝贺。

"好，今天的比赛已全部完成，我们马上去吃饭，晚饭很丰盛哦，一定会给大家留下难忘的印象。今晚会在这里住一晚上，有关住房情况，请编导哥哥来宣布。"朱莉笑容满面地说。

编导哥哥又再笑眯眯地出现了。横看竖看，大家总觉得他笑脸上写着"不怀好意"四个字。

编导哥哥指着手里拿着的三份告示，说："大家晚上住的房子，已经准备好了。这三份告示上分别写着三处房子的情况。得第一名的乌莎努尔队可以先挑，接着轮到陀罗队，天域队就只能住他们挑剩的啰，不好意思了。"

编导哥哥把告示贴到墙上让大家看。

大家呼啦一下全涌上去。只见上面分别写着：

观星楼。特点：可以整晚看星星。

福娃家。特点：有可爱的小动物。

草房子。特点：睡床又大又松软。

晓星抢着说："小岚姐姐，我们要福娃家。你看有可爱的小动物呢。不知是小狗还是小猫呢？小兔小羊也不错，我们挑这家好不好？"

晓晴眨巴着眼睛说："我看这编导哥哥没这样好心的，说不定有陷阱呢！"

晓星说："你别那么多疑了，不就是住一晚的地方嘛，能搞出什么名堂？小岚姐姐，要这间要这间。"

反正只住一晚上，小岚也不想费脑筋去考虑那么多，便说："好好好，就要这间。要是不理想，别哭鼻子啊！"

晓星咧开嘴巴："嘻嘻，我才不哭鼻子呢，那是女孩子的专利。"

晓星说完，一手揭了福娃家的告示。

轮到陀罗队选了。

霍婷和雷曼两个女孩子都说选观星楼，可以边睡觉边看星星呢，多浪漫！

鲍瑜一手揭了草房子的告示："真蠢，睡觉的地方，最重要是床舒服啊！"

天域队就剩观星楼了，没得挑。

不过他们觉得这房子还挺不错的，正如队长毕尔说的："可以在无污染的农村欣赏星星月亮，机会难得哦！"

第 *16* 章
这算小动物吗？

一辆巴士把他们接到了吃晚饭的地方。那是一间乡村小学的饭堂，晚饭果然很不错，食材都是菜园里刚摘下来的新鲜蔬菜，还有新鲜的鸡蛋和肉类，吃起来格外香。不过，大家更加惦记的是他们挑的房子，不知道是不是跟自己想象的那样美好。希望编导哥哥这次厚道一点，别给他们挖坑。

很快吃完晚饭，三名电视台工作人员分别领着三队选手，找住的地方去了。住的地方在离小学校不远的村子里。

编导哥哥一吃完饭就没影儿了，这让选手们都开始担心起来，别是挖了坑怕被揍，"畏罪潜逃"了吧！

带小岚他们去"福娃家"的，是一名三十岁左右的工

作人员，晓星一路问他有关房子的事，他都支支吾吾的，这让小岚他们有了一种很不妙的感觉。

在一条弯弯曲曲的巷子里走了一段时间，前面出现了一座平房，那是一间农村很常见的土砖房。工作人员说："那就是你们住的房子，门没锁，你们自己进去吧！"

工作人员说完，就急急地走了。

"有可疑！"晓星眼睛骨碌碌转了转，他赶紧转身去找那工作人员，但那人早一溜烟地跑没影了。

小岚说："算了，赶快去看看我们挑选的家。"

土砖房外围有一个用木条围成的小院子，小岚带着人走到一道木栅门前，用手一推，就推开了，果然没锁。

好奇孩子林棣棣率先走进小院子，不过，他一迈脚就踩上了什么东西，脚一滑，眼要就要摔个仰面朝天，幸好后面的徐昆扶了他一把，才险险地站住了。

"什么鬼东西？！"林棣棣气哼哼地抬起脚，往脚底一看，沾上了湿湿的臭臭的东西。

院子里有几只鸡昂首阔步地在踱步，听了林棣棣的话都奔了过来，咯咯咯不满地朝他叫着：那是我们的粪便，才不是鬼东西呢！

幸好还有人知道，徐昆说："是鸡粪！"

"啊！"林棣棣拼命把鞋底往地上擦。

其他人都捂住鼻子离他远远的："好臭！"

"咦，什么声音？"晓星发现了什么。

大家也听到了，"哼哼哼哼"，好奇怪的声音啊！

"那里！声音是从那里传出来的！"晓星指着小院子的角落。

"小心点！"徐昆从地上捡起了一根木棍，大哥哥要保护弟弟妹妹的安全呀，"你们跟在我后面。"

一行人蹑手蹑脚向声音发出的地方走去。连林棣棣都忘了鞋底的脏东西，紧张地跟在后面。

院子角落处，用粗树枝做栏栅围起了一小块地方，声音正是从围起来的地方传出来的。

"哼哼哼……"声音越来越响，徐昆快走几步，举起木棍朝栏栅里看去……

"啊！"徐昆愣住了。

"是什么？"小岚胆子大，也不管晓晴死拽着她的袖子不让她过去，走到栏栅前，只见几头很胖很胖的猪，正抬着头，用小黑豆般的小眼睛看着他们，"嘿，原来是几只大胖猪！"

"啊，大胖猪？"大家都跑了过来。

猪肉他们吃得多了，但活着的猪还没见过呢！

"样子好蠢！"

"拉的大便好臭！"

"这大胖猪算小动物吗？编导哥哥骗人！"

那几只大胖猪不知道是不是听懂了孩子们的话，非常不满，一起仰着头大叫起来，声音又难听又吵闹。

不听不听不听！大家都捂着耳朵，跑进了房子里。

房子里有一间客厅和四个房间。客厅只有一张木桌子，几张木凳，桌子上有个热水瓶，四个房间里各有一张大的床和一个旧衣柜。摆设真是简单得不能再简单了。

"哇，好恐怖，这盖房子的砖是用泥巴做的呢，指甲一抠就一个洞。"林棣棣大惊小怪地说。

"这样的房子能住吗？下雨会不会倒塌？"林悠悠很担心。

六个人一向住大城市，哪见过这种泥砖房。徐昆说："我有个表叔是农村人，放假时我爸爸带我去他家住了几天。他们的房子也是用泥砖盖的。"

小岚问道："一般的泥巴，不是水一泡就变成泥浆的吗？下雨怎么办？"

徐昆说："我问过表叔，表叔说，这泥砖的制作方法，是三分之二的泥加三分之一的沙子，再放上稻草碎，加水拌成糊泥，然后用木模压印成块，晾干之后就成了泥砖。这种砖很坚固的，除非被大水淹泡，否则不会塌的。"

晓星显得很有兴趣："哇，原来用这些东西就可以盖房子，太有趣了！小岚姐姐，回去以后，我们也玩盖房子好不好？泥巴和沙子，很容易找到啊，我们在嫣明苑盖一间泥砖屋，盖好以后让聪聪它们住进去。"

林棣棣一听，马上跃跃欲试，他说："我也想玩盖房子！可以吗？"

晓星很大方："当然可以了。我们一块盖。"

小岚没好气地看着这傻瓜俩，真以为盖房子跟砌积木一样容易呀！

这时，门外那些"可爱的小动物"又叫起来了。一声高一声低地在控诉，大有跟这班说自己难看的小屁孩不死不休的样子。

"别吵，再吵把你们全部做成红烧肉！"晓星跑出去，吼了一声。

猪都吓得赶紧闭了嘴，小黑豆眼警惕地盯着晓星，生怕这小屁孩真的把它们做成红烧肉！

这时，有客人来了。是天域队的队长毕尔。

毕尔东张西望的："哇，你们这房子真好，羡慕死人了！"

乌莎努尔队的小伙伴们都很意外，还以为自己住这简陋的泥砖屋已经够倒霉的了，没想到还有更倒霉的。

徐昆问毕尔："你们不是住观星楼吗？挺浪漫的呀！"

毕尔气呼呼地说："浪漫个鬼！所谓观星楼，就是农民在稻田旁边守夜的竹棚一个。头顶只盖了一层稀稀疏疏的干草，还是有很多缝隙的。躺在里面可以看得到天空。我刚才去找编导哥哥算账，他不知躲哪去了。"

晓星说："听你这么说，风凉水冷的，那也不错啊！"

毕尔脑袋摇得像拨浪鼓："不行不行，那几个女孩死都不肯在那里住，生怕半夜里跑进来什么青蛙呀老鼠呀猫呀，我都愁死了。"

小岚说："要不这样，我们有四间房子，四张大床，你们来我们这里挤一挤。"

毕尔大喜："太好了，谢谢，谢谢！"

毕尔赶紧回去告诉小伙伴们好消息。

毕尔刚离开，又有客人来了。

这回是一直对乌莎努尔队不友好的鲍瑜，还有她的队员雷曼。

大家都没想到鲍瑜会来，要知道，自从成语大赛开始，她就一直酷酷的样子，好像谁欠了她几千万似的。

于是，大家都瞧着她不吭声。

鲍瑜也挺尴尬的，幸好她带来了雷曼。雷曼长着一张可爱的娃娃脸，见人就露出甜美笑容，是个很容易获取别人好感的女孩子。

雷曼笑着对小岚说："公主殿下，你们好！这就是你们挑到的住处吗？真不错哦！"

呵呵，小岚他们是第二次听到别人赞美这破旧的泥砖房了。

林悠悠觉得很奇怪："你们那草房子不好吗？不是说有松软的床吗？我们屋里的床可不怎么样哦，硬邦邦的，肯定睡得不舒服。"

雷曼懊恼地说："我们上当了，那真是个草房子，放草的房子，里面什么也没有，只是堆了很多很多干草。"

乌努尔队员们都恍然大悟，哦，干草呀，果然很松软啊！

晓星说："也没关系啦，睡在干草上也挺舒服的嘛。"

鲍瑜这时气哼哼地插了一句："干草里有米奇的'兄弟'呢！"

"米奇的'兄弟'？"晓晴眨眨眼睛，"啊，老鼠！太可怕了！"

平日总一脸傲气的鲍瑜这时苦着一张小脸，可怜巴巴的样子："就是嘛，叫我们怎么睡。"

小岚到底心软，便说："要是不嫌挤的话，过来一块住吧！"

"啊，谢谢啊！"鲍瑜一听马上喜上眉梢，她早就等着小岚说这句话了，扔下一句"我去告诉队员们"，然后就没影了。

晓星挠挠头："哇哦，没想到我们这座泥砖房这么抢手哦！"

不一会儿，毕尔领着他的五名队员来了，六个人脸上洋溢"终于有盖遮头"的幸福模样；又过了一会儿，鲍瑜带着她的五名队员也来了，六个人脸上充满着终于逃出鼠口的庆幸表情。

小岚给大家分配房间。八个女孩住了两间，四个人一间；十个男孩也是住两间，五个人一间。幸好卧房里用砖砌的床很大，挤一挤也能睡四五个人。

十八个人挤在房子里，热热闹闹、吵吵嚷嚷的，快要把屋顶都掀开了。尤其是"人来疯"的晓星和林棣棣，两个人年纪最小，在房子里钻来钻去，不知多开心。

直到晚上十一点多，一群小屁孩才安静下来，陆续入睡了。

可是……

可是，偏偏有的坏家伙就不安好心搞破坏。三只大胖猪白天被小屁孩鄙视，心有不甘，半夜三更时故意在猪圈里大声叫唤，哼哼哼哼没完没了。而那几只大公鸡不知是收受了好处还是怎么回事，反正也助纣为虐，帮着猪欺负起小屁孩来了，明明天还黑黑的就喔喔喔地报晓，硬是把一屋子人从好梦中吵醒。

晓星气得冲出院子，朝那些故意使坏的家伙大喊："你们住——嘴！"

没想到那些小动物竟然毫不畏惧，猪继续叫，鸡继续啼，把晓星气得直跳脚。

陀罗队和天域队的队员懊恼死了，还以为找到了能安睡的地方，没想到头来仍是难逃一劫。

欠揍的编导哥哥，这就是你说的"可爱小动物"吗？

大骗子！！！

直到快天亮的时候，猪才停止了报复，一屋子的小伙伴才又睡了一两个小时。

第二天早上，大家被工作人员喊醒，个个都变成熊猫眼，那情形要多惨有多惨。

　　只有编导哥哥和主持人姐姐，还有那些摄影大叔暗地里捂着嘴偷笑，选手们越是惨，迟些节目播出时，那些唯恐天下不乱的观众就越是看得开心啊，这回节目收视率一定很高。

　　不过这是要付出代价的，这天编导哥哥的背脊一直凉飕飕的，那是被许多双不满的眼睛盯着的缘故啊！

　　吃过早餐，接选手们回城的旅游巴士就开来了。编导哥哥还算有点儿良心，不再用什么十一号车、运猪车、自行车折磨选手们了，大家一路唱着歌，说说笑笑地，很快就回到了电视台。

　　编导哥哥讲了总决赛时间，就让大家解散，各回各家了。

第 *17* 章
两位公主谁厉害？

总决赛的日子很快就到了。

这天，电视台大厅一大早就挤满了等着入场的人，有来观看比赛的观众，也有带着摄像机、照相机的电视台或报纸刊物的采访记者。

小岚他们已经在比赛场的选手区域里坐好了。今天出赛的仍是三组选手，其中两组仍是第二场的组合——小岚和晓星组合，徐昆和林悠悠组合；新换的一组是巴东巴西组合。坐他们对面的是今天的对手陀罗国队，他们队的组合分别是鲍瑜和刘易，麦克和马丽，高斯和安琪。

经过之前出外景到小王庄做节目，大家一起吃一起住

的，生活上又互相帮助，两队人的关系已经解冻了，不像之前那样死对头似的。在晓星的提议下，还建了成语赛聊天群，一班人一有空就在里面斗嘴、聊八卦。

这时，看上去他们全都乖乖地坐在那里等比赛开始，实则上每人一个手机，正在群组里聊得热闹——

拂晓星辰：嘿，对面的小伙伴们，你们做好输的准备没有？

高人一等的斯：我们才不会输呢！你们等着看我们上台领冠军奖杯吧。

大师兄昆：有我大师兄在，冠军妥妥地属于我们！

林悠悠他弟：还有小师弟在，冠军双保险！

鲍瑜不是鲍鱼：哼，少做梦吧！

麦子不克：对，赢的必定是我们。

拂晓最美的晴：咱们打个赌，输了的今晚请吃饭！

拂晓星辰：哇哦，我姐姐难得地正确了一次！

大师兄昆：我要吃鱼子酱炒饭！

林棣棣他姐：嗯嗯，我要吃大闸蟹！

拂晓星辰：对面的小伙伴们，请准备好钱哦！

山风来袭：我可以帮忙订座的！

"……"

时间在打嘴仗中不知不觉溜走了，很快观众全都进了场，传媒也架好了摄像设备。比赛要开始了。

主持人朱莉穿一身中国旗袍，婀娜多姿地走上了舞台："亲爱的观众们，青少年成语赛总决赛，马上要开始了。现在，我们以热烈的掌声，欢迎我们的万卡国王，还有我们的友好邻居——陀罗国尊敬的国王陛下鲍森莅临本场比赛。"

"哗啦啦……"掌声在大厅里回响。

年轻的万卡国王和头发花白的陀罗国国王，并肩走进了会场，两人举手向观众挥手致意。

工作人员把两位国王请到了第一排中间位置坐下。

陀罗国国王显得兴致勃勃的，他对万卡国王说："等会看看是你的公主厉害，还是我的公主厉害！"

万卡国王笑笑，没出声，心想：还用说吗？当然是我的智慧公主厉害。

朱莉又介绍评点嘉宾席上的劳思和王一川："今天的评点老师是劳思教授和中国成语大赛冠军王一川先生，大家欢迎。"

哗啦啦，又是一阵热烈掌声。

朱莉微笑着说："今天是六国青少年成语赛的总决赛，相信不论是乌莎努尔人还是陀罗国人，都万分紧张。因为

这场比赛，将决定总冠军究竟花落谁家，决定期待已久的中华文化书院将设在哪一国。为国争光的时候到了，年轻的选手们，拿出你们的最好水平，准备战斗吧！"

"乌莎努尔队，加油！"

"陀罗队，加油！"

观众虽然基本上是乌莎努尔人，但他们喊加油时都不会忘记陀罗队，很有风度。而陀罗队队员们，也在观众给他们喊加油时，挥手致意。

朱莉笑着看着台下热情喊口号的观众，见时间差不多了，把手往下一压，人们马上听话地住了声。

朱莉宣布："今天的总决赛，总共有三场比赛，第一场是双音节同题对抗赛。两组共用一个题目，描述者用两个字解释成语，猜错即转另一组描述，直到一方正确猜出成语。不限制犯规次数、不允许跳过，先积累两分者获胜。下面请乌莎努尔队和陀罗队各出一组选手。"

朱莉说完，对选手区里的小岚问道："乌莎努尔队，请问你们准备派出的选手是……"

小岚站了起来，说："我们派出徐昆和林悠悠。"

"好！"朱莉又问鲍瑜，"陀罗队，请问你们准备派出的选手是……"

鲍瑜站了起来："我们派出麦克和马丽。"

朱莉宣布："请徐昆和林悠悠组合，麦克和马丽组合上台。"

徐昆和林悠悠跟队友们击掌，然后跑上了舞台。而陀罗队的两位选手也跟着上了台。

抽签决定哪队先手。其实先手有先手的好，就是可以比对手先一步拿到分。但如果一击不中，就等于为对手提供多一个提示词，令对手更容易猜中。所以先手后手各有利弊。

结果陀罗队抽中先手。麦克说词，马丽猜。

麦克低头看了看平板电脑上的成语，说："大声。"

"大声？"马丽疑惑地看着麦克，想了一会，"电闪雷鸣？"

朱莉说："没猜对，轮到乌莎努尔队。"

徐昆眼睛转了转，说："客人。"

林悠悠说："生意兴隆。"

朱莉摇摇头："错了，到陀罗队。"

麦克拧着眉毛好一会儿，然后看着马丽说了一个词："无礼。"

马丽嘴里喃喃着："大声，客人，无礼……难道是……

天下无双的公主

喧宾夺主？"

麦克跳了起来："耶，对了！"

台下观众给予热烈掌声，祝贺陀罗队第一回合取得胜利。一直紧张地盯着台上比赛的陀罗国国王鲍森高兴得眉开眼笑，他得意地对身旁万卡说："精彩吧，我们的队员水平不错。"

万卡说："恭喜恭喜。不过有句话叫'好戏在后头'，相信之后的比赛更精彩呢！"

王一川之前满有兴趣地看着四人你来我往，这时满意地点头说："我觉得刚才三个词都提示得很好。'喧'就是声音大的意思，喧宾夺主的意思就是客人的声音压倒了主人的声音，而喧宾夺主这种行为的确是有不礼貌的因素在里面。喧宾夺主这个成语是用来比喻外来的或次要的事物，占据了原有的或主要的事物的位置。"

朱莉听王一川说完笑着说："我赞同王先生的意见，几位选手都不错。好，陀罗队先得一分。下面胜者先手，陀罗队，开始。"

角色交换，原先给提示词的选手变为猜成语。

马丽说："随手。"

麦克答："顺其自然。"

"错。乌莎努尔队。"朱莉示意轮到乌莎努尔队。

林悠悠想了想："乱写。"

徐昆灵机一动："信笔涂鸦。"

"对！"林悠悠十分高兴，"徐昆好棒！"

朱莉笑着说："现在是一比一打平。下面一轮很关键了，先猜对的那组就可以获胜，为自己队赢了第一轮比赛。"

"陀罗队，加油！"

"乌莎努尔队，加油！"

观众们又再为选手们喊加油打气。

比赛重新开始，乌莎努尔队先手。

徐昆看着电脑上的成语，说："贪心。"

林悠悠嘟着嘴，想了一会儿，回答说："得寸进尺。"

徐昆摇了摇头。站一旁的朱莉朝陀罗队做了个手势，说："换陀罗队猜词。"

马丽想了想："自私。"

麦克答："见利忘义。"

朱莉笑着摇摇头，说："没猜对。下面换乌莎努尔队猜词。"

徐昆之前已经想好了提示词，所以朱莉话音未落，他就马上说："谋取。"

林悠悠眨眨眼睛："难道是……唯利是图？"

徐昆拳头往上一举，兴奋地说："对了，对了，就是这个！"

台下掌声如雷。

劳思教授说："刚才这一组几个关键词都说很好。'图'就是图谋、谋取、谋划的意思，贪心，自私，谋取，就让人比较容易猜到结果'唯利可图'。徐昆这组表现特别棒。"

徐昆和林悠悠异口同声说："谢谢！"

观众席里的万卡笑得眯了眼，对旁边的陀罗国国王小声说："我说得没错吧，好戏在后头呢！"

鲍森急得捏紧了拳头。

朱莉说："恭喜乌莎努尔队第一轮比赛赢了陀罗队。下面第二轮比赛，请问乌莎努尔队准备派谁出赛？"

小岚站起来："这一轮比赛，由巴东和巴西出场。"

朱莉说："好。那陀罗队呢？你们准备派哪一组应战？"

鲍瑜站起来说："我们派高斯和安琪应战。"

两组选手上台。朱莉说："胜队先手，乌莎努尔队。"

巴西开始说双音节词："偷窃。"

巴东说："监守自盗。"

巴西摇头。

轮到陀罗队猜。

高斯想了想说："拉着。"

安琪说："江洋大盗。"

没猜对，又轮到乌莎努尔队猜。巴东看了巴西一眼，说："随便。"

巴西偏着头想了一会儿："偷窃，拉着，随便……顺手牵羊！"

巴东大喜："对了，噢，好棒！"

朱莉宣布说："乌莎努尔队先得一分。乌莎努尔队，继续猜下一个。"

轮到巴西说词，巴西眼睛朝上翻了翻，说道："天上。"

巴东心想，跟天上有关的成语很多啊，昏天黑地、暗无天日、九霄云外、云消雾散、万里无云……嗯，今天天气很好，就选万里无云吧。于是，他回答说："万里无云。"

巴西叹了口气，摇摇头。

又轮到陀罗队的安琪了，她说了一个词："苦闷。"

高斯有点莫名其妙："天上，苦闷，这搭配真奇怪。猜不到。"

又轮到乌莎努尔队组合。巴西说："忧心。"

巴东眼珠转了转："愁眉苦脸？"

巴西忍不住拍了一下桌子，唉，就差一点点。

这时安琪又再说了一个双音节词："飘动。"

高斯低头不语，一会儿无奈地说："实在猜不出来。"

巴西看着电脑里显示的成语，想了一会，说："无色。"

巴东挠头："究竟是什么成语呀！想不到呀！"

选手有点急了，观众们也都急了，来来去去这么多个词，还是无法猜到，这的确有点难啊！

这时安琪又对高斯说了一个提示词："暗淡。"

朱莉提醒选手："好好想想。天上，苦闷，忧心，飘动，无色，暗淡。"

高斯眨眨眼："愁云惨雾？"

安琪高兴得跳了起来："哇，聪明，你猜对了！"

高斯太惊喜了："真是愁云惨雾？哎呀，这个好难啊！"

劳思教授点头说："这个真的难。猜到很不容易。愁云惨雾是形容暗淡无光的景象，多比喻令人忧愁苦闷的局面。刚才大家的提示词也出得挺到位的。不错。"

朱莉说："一比一，两队各得一分。下面陀罗队先手，选手角色对换。"

高斯看着电脑屏上的成语，说："逮住。"

安琪脑子里浮现了几个跟逮住有关的成语，她选了个自己认为正确的答道："一网打尽。"

朱莉摇头："不是。到乌莎努尔队猜。"

巴东说出自己想好的一个提示词："小偷。"

"小偷？"巴西想了一会儿，说："贼喊捉贼。"

朱莉摇头叹息："不是。"

轮到陀罗队了，高斯说的提示词是"物证"。安琪听了眼睛一亮："捉贼见赃！"

哗哗哗……全场一片掌声，祝贺选手终于攻克了这个成语。

"猜对了。二比一，这轮陀罗队胜。"朱莉朝陀罗队作了个手势，说："现在的情况是陀罗队和乌莎努尔队各得一分。最后一组的比赛很关键，决定第一场比赛的胜利。"

第三轮对决，就是双方队伍剩下的组合了。陀罗队是鲍瑜和刘易，乌莎努尔队是小岚和晓星。

上一轮陀罗队胜，所以刘易和鲍瑜先猜。

刘易盯着电脑上的那个成语，把它研究透彻之后，才说："河里。"

鲍瑜很快答道："浑水摸鱼。"

主持人朱莉遗憾地摇了摇头："不是浑水摸鱼。乌莎努尔队，继续猜。"

晓星古灵精怪地又是挑眉又是瞪眼，看得小岚都想打他了，他才说了一个词："影子。"

小岚眼睛眯了眯，果断地回答："水中捞月。"

"哇！"晓星嘴巴咧得大大的笑着，差点连喉咙里的小舌头都看到了，"哈哈，太棒了！"

点评嘉宾王一川笑着说："刚才晓星说'影子'，这个提示太重要了，所以小岚一下子就想到了'水中捞月'。'水中捞月'这个成语是用来比喻去做根本做不到的事情，只能白费力气。"

朱莉说："乌莎努尔队先胜一局。下面乌莎努尔队先手。选手角色交换。"

小岚说了一个双音节："看书。"

晓星想了想自己看书时是怎样的，就答道："全神贯注。"

朱莉摇头："不对。"

轮到陀罗队，鲍瑜又说了一个双音节词："喜欢。"

刘易有点不确定地说："手不释卷？"

朱莉笑着说："回答正确。下面猜下一个成语。"

晓星看了看自己面前电脑显示的成语，说："保密。"

小岚毫不犹豫地回答："守口如瓶。"

"耶！耶耶耶！小岚姐姐真棒！"晓星欢喜得自己转了

一圈，又往上蹦了几蹦。

劳思有点目瞪口呆的，一会才说："小岚公主，你怎么这样厉害？只是'保密'一个词就让你想到了'守口如瓶'！"

小岚笑笑说："保密不就要守口如瓶吗？这是晓星提示得好。"

"就是就是！"晓星得意得简直要像个气球一样飘上天了。

第一场双音节同题对抗赛，乌莎努尔队胜。

台上在交锋，台下两个国王也在交锋。

陀罗国国王对乌莎努尔国国王说："万卡国王陛下，恭喜你的队伍胜了第一场比赛。"

万卡国王骄傲地说："谢谢！"

陀罗国国王并不服气："不过，还有两局比赛哦，谁胜谁负还说不定呢！"

万卡国王气定神闲："那咱们拭目以待。"

第18章
不一样成语同题对抗赛

第二场比赛开始，朱莉说："这场比赛叫'不一样成语同题对抗赛'。比赛规则也是两组共用一个题目，同一组一人解释一人猜词，猜错即转另一组描述猜词，直到一方正确猜出成语。不允许跳过，犯规零分。先积累两分者获胜。"

晓星迫不及待地问："主持人姐姐，什么叫不一样成语？"

朱莉笑着说："这个问题问得好！什么叫不一样成语？之前比赛出现的成语都是四个字的，但其实成语还有其他字数的，从三个字到十六个字都有。我们这场比赛，猜的就是这类不一样的成语……"

主持人的话没说完，选手席和观众席就"哄"一声议论开了：

"天啦，不是四字的成语，我真不太熟呢！"

"编导哥哥躲哪了？我又想揍他了。"

"还有十六个字这么长的成语？我还是第一次听到。真是孤陋寡闻啊！"

"我比你更糟糕。我一直以为成语就只有四个字的！"

"……"

两个国王也在议论。

陀罗国国王试探着："四字成语以外的成语，你那个队熟悉不？"

"这方面……"乌莎努尔国国王很谦虚："这个……可能没有四字成语熟识，我真的知道不多。"

陀罗国国王试探成功，脸上露出一副很得意的样子。他心里高兴啊，因为他知道，他的那支队伍在这方面下过死劲，厉害着呢！这场比赛的胜利，陀罗队稳拿了。

朱莉继续说着："下面请第一组选手登场……"

乌莎努尔队选手巴东和巴西与陀罗队选手高斯和安琪上场。

朱莉说："上一场乌莎努尔获胜，乌莎努尔队先手。"

巴东低头看了看平板电脑，说："三个字成语，意思是捉弄别人。"

巴西看了看哥哥："寻开心？"

朱莉说："错，陀罗队猜。"

高斯说："我们平时去看表演的场所，叫什么院？"

安琪答："剧院！噢，恶作剧！"

朱莉点头说："陀罗队猜对了。下面继续，陀罗队先手。"

安琪数了数电脑上成语"少壮不努力，老大徒悲伤"的字数，说："这个成语是十个字的。说的是如果我们不趁年轻的时候发奋，到了年纪大的时候知道后悔了，哭也没用了。"

叮！犯规提示音响了。

朱莉指指安琪："安琪犯规，换乌莎努尔队猜。"

安琪这才想起自己说了成语中"不"和"大"两个字了，她懊恼地用手拍了自己脑袋一下。字数越多的成语，选手说了其中字眼的可能性越大。

巴西想了想，看着巴东说："'百川东到海，何时复西归'的下一句是什么？"

巴东眼睛一亮："少壮不努力，老大徒伤悲。"

巴西高兴得跳了起来："哥哥厉害！"

观众们全都鼓起掌来，为选手的聪明叫好。

王一川说："'少壮不努力，老大徒伤悲'出自汉乐府，'青青园中葵，朝露待日晞。阳春布德泽，万物生光辉。常恐秋节至，焜黄华叶衰。百川东到海，何时复西归？少壮不努力，老大徒伤悲。'我觉得巴西和巴东都很聪明，巴西能想到用前一句来提醒巴东，而巴东也不弱，一下子就想到是'少壮不努力，老大徒伤悲'，厉害！"

巴西巴东一齐说："谢谢！"

朱莉看了看比分结果，说："一比一平。下一个，乌莎努尔队先手。"

巴东低头看了看桌上的平板电脑，说："下一个成语十四个字，意思是不要多理闲事。"

巴西脱口而出："狗拿老鼠，多管闲事。"

巴东眼睛一瞪："你忘了，十四个字啊！"

巴西后悔地一拍后脑勺："噢，我这是怎么啦！"

"别急，选手们要沉住气啊！"朱莉又朝陀罗队做了个手势，"换陀罗队。"

高斯看着安琪说："跟动物无关的。跟天空落下的东西有关。"

安琪低头想了一会儿，苦笑着摇摇头："猜不到。"

换乌莎努尔队，巴东对巴西说："跟房顶有关。"

"啊，跟房顶有关？"巴西困惑地挠挠头，"小弟实在猜不到啊！"

这时高斯看着安琪说："跟街道有关。"

安琪突然想到什么，激动地大声说："各人自扫门前雪，莫管他人瓦上霜！"

高斯高兴得跳起几尺高："哇哇哇，说对了！"

哗啦啦，观众都在为选手的精彩表现鼓掌。朱莉宣布："陀罗队先胜一局。"

陀罗国国王捻须而笑："哈哈哈，万卡老弟，看来不一样成语是我们家的队伍厉害呀！"

万卡一点不着急："大叔，下面还有很多局呢！咱们走着瞧。"

劳思点评说："'各人自扫门前雪，莫管他人瓦上霜'我认为是一句带贬义的词，自己管好自己家的事情就好了，别人家的事情不要去理会，这会造成人与人之间的冷漠。所以，在日常生活中，我们千万不要'各人自扫门前雪，莫管他人瓦上霜'，人与人之间互相帮助很重要，'赠人玫瑰，手有余香。'"

朱莉点点头："认同。助人为快乐之本嘛！"

第二个组合，乌莎努尔队的小岚和晓星，陀罗队的麦克和马丽上场了。

朱莉说："上一场陀罗队胜，陀罗队先手。"

麦克看了平板电脑一眼，说："三字成语。形容没有一点主见。只会附和别人。"

马丽说："胸无大志？"麦克摇头。

小岚看着晓星说："最后一个字是……你姐姐最害怕的一种细小生物。这个成语故事中，提到这种小生物有个特性，别人说什么它就说什么。"

晓星说："我姐姐最害怕小毛毛虫。别人说什么它就说什么？应声虫吗？"

朱莉拍了一下手掌，说："晓星猜对了。下一个，乌莎努尔队先手。"

晓星说："六字成语。意思是……猫头鹰睡觉时的样子是怎样的？"

小岚想也没想就脱口而出："睁只眼，闭只眼！"

如雷掌声，小岚公主太厉害了。乌莎努尔队胜，场上情况是一比一。

第三组上场。陀罗队的鲍瑜和刘易，乌莎努尔队的徐昆和林悠悠。小岚提醒徐昆两人："陀罗队这组很强，小心。"

徐昆和林悠悠一起点头。

乌莎努尔队先手。

徐昆想了想，说："遇见好人被欺负，挺身而出，帮助弱小的一方……"

林悠悠抢着说："仗义执言。"

徐昆瞪她："我还没说完，是三个字的成语！"

林悠悠张大嘴巴："啊！"

朱莉很遗憾地说："乌莎努尔队，对不起了，换另一组。"

鲍瑜说："出手帮助。"

刘易答道："抱不平。"

朱莉点点头："对。陀罗队继续猜下一个。"

刘易说："到处都有知己朋友，即使远在天边，也好像住隔壁一样近。唐代诗人王勃的诗《杜少府之任蜀州》里面一句。"

鲍瑜马上说："海内存知己，天涯若比邻。"

刘易高兴得跳了起来："对了。"

徐昆和林悠悠都没想到，会输得这样快。徐昆不住地摇头。局势顿时严峻起来。胜负就在第三场比赛了。

朱莉说："第二场比赛陀罗队两胜一负，赢得很漂亮。现在宣布，第二场比赛，陀罗队胜！"

第 *19* 章
公主飞花令

最紧张时刻到了，第三场会决定这次成语赛谁是冠军。

朱莉迈着幽雅的步子走上舞台，她笑着说："各位好，现在，大家是不是很想赶快开始第三场比赛，好想快点决定冠军队伍呀？"

"是！"台下观众一齐答道。

朱莉微笑点头："那好吧，那便满足大家愿望，下面……"

大家都很期待地看着她，等着她吐出"开始比赛"六个字。没想到她话音一转，说："下面我们先看一场表演……"

"啊？！"神经绷得紧紧的观众们，一副上当受骗的样子，起哄了。

朱莉一副捉弄人之后的得意表情："嘻嘻……好啦，不就是想给点时间选手们，休息十分钟，准备接下来的最后冲刺嘛！不过，这场表演一定不会令大家失望的。因为表演的两位，一位是我们的评点老师、远道而来的中国成语大赛总冠军—王一川先生，另一位，是我们美丽的公主—小岚殿下。"

"哗啦啦……"朱莉话音未落，就响起如雷掌声。公主与冠军的表演，太让人期待了！

"两位重量级表演嘉宾，今天会表演什么呢？当然离不开中国文化年元素了。好，下面有请我们的公主殿下，以及王一川先生上台，给我们来一场表演赛——中国古诗词飞花令！"

"哗啦啦……"又是一阵热烈掌声。

公主和冠军来一场飞花令，这简直太精彩了！

飞花令原本是中国古人玩的一个文字游戏，游戏时可选用诗词曲中的句子，但选择的句子一般不超过七个字。

在电视节目《中国诗词大会》中，节目组引进并改良了"飞花令"，让它比古人的飞花令更为简单，对诗句要求没有古代那样严格，选手只要背诵出含有特定关键字的诗句，这诗句不要重复之前双方说过的即可，而对关键字的位置也没有要求。

"飞花令"是真正诗词高手之间的对抗，挑战者必须在极短时间内完整说出一联含有特定关键字的诗句，直到有一方背不出，则另一方获胜。这不仅考察选手的诗词储备，更是临场反应和心理素质的较量，因而"飞花令"的竞赛感很强，观赏性很高。所以，这场公主和中国冠军之间的飞花令对战，虽然只是一场表演赛，但也绝对吸引眼球，所以观众们十分兴奋和充满期待。

"嗯，我们给这飞花令起个名字，因为其中一位是公主，就叫'公主飞花令'好了。公主飞花令，咦，好好听哦！看来我很有起名字的天分。"朱莉沾沾自喜了一下，惹来台下一阵掌声，朱莉得意地挑挑眉，然后大声说："下面，有请公主殿下和冠军先生上台。"

小岚和王一川并肩走上舞台。又是一阵掌声。

朱莉等两人站定，便说："嗯，下面我来采访一下两位。先问问王一川先生，你是成语大赛冠军，那你对诗词的熟悉程度是否跟成语一样？"

王一川笑着说："我一向喜欢中国国学，凡是跟这有关的我都喜欢。不过之前因为参加成语比赛，温故知新，所以对成语更为熟悉。"

朱莉歪着头问道："那你有信心赢小岚公主吗？"

王一川看了小岚一眼，笑着说："这个我真不敢保证。因为我知道小岚公主在国学方面的造诣也很深，但我会尽力的。"

朱莉说："好，那我祝你好运。"

王一川点点头，笑着说："谢谢！"

朱莉看向观众："下面采访一下我们的美丽小公主。公主殿下，请问你有信心赢王一川先生吗？"

小岚撩了一下垂在额前的头发，说："我会努力战胜他。"

朱莉说："他可是中国成语大赛冠军，很厉害哦！"

小岚微笑着说："今天之后，或许我也会是成语比赛冠军！"

"公主好样的！"有观众大喊了一声，接着是一片热烈掌声。

台下万卡一脸的骄傲，看，这就是我的公主。

王一川笑着说："好好好，我们就来比试一场，看谁更厉害。"

"好！"小岚跟王一川击掌。

朱莉对观众说："哇，很期待接下来的龙争虎斗哦！好，我们就来两场飞花令，第一场以'花'字为关键字，王先

生先手，开始！"

王一川张嘴就说："接天莲叶无穷碧，映日荷花别样红。"

小岚想也没想就接道："春风得意马蹄疾，一日看尽长安花。"

王一川接着说："待到秋来九月八，我花开后百花杀。"

小岚马上想到了一句，说："待到重阳日，还来就菊花。"

王一川略加思索，接了一句："不经一番寒彻骨，怎得梅花扑鼻香？"

小岚低头想了一想，回答道："儿童急走追黄蝶，飞入菜花无处寻。"

王一川这时脑海里出现了李白的《黄鹤楼送孟浩然之广陵》里的一句，于是接道："故人西辞黄鹤楼，烟花三月下扬州。"

小岚愣了愣，因为她本来想接的就是这一句，幸好她脑子里的诗词储备量大，马上想到了另一句："忽如一夜春风来，千树万树梨花开。"

王一川已经想好了一句，于是流畅地说出："日出江花红胜火，春来江水绿如蓝。"

小岚笑笑，接道："无可奈何花落去，似曾相识燕归来。"

王一川朝小岚竖了竖大拇指，又接了一句："借问酒家何处有？牧童遥指杏花村。"

小岚抿抿嘴唇，回答："人闲桂花落，夜静春山空。"

王一川马上又接着答："山重水复疑无路，柳暗花明又一村。"

小岚脑子早有了一句，轻松答道："停车坐爱枫林晚，霜叶红于二月花。"

王一川觉得自己快招架不住了，幸好又想到了一句："夜来风雨声，花落知多少。"

小岚低头想了一下，又答道："稻花香里说丰年，听取蛙声一片。"

"……"王一川一下子想不起来，他皱着眉头在苦苦思索。

计时声音在一下一下地响着，好紧张啊！

终于，王一川在限定答题时间内想到一句："黄鹤楼中吹玉笛，江城五月落梅花。"

小岚气定神闲地接着："采得百花成蜜后，为谁辛苦为谁甜。"

王一川幸好及时想到了一句："小楼一夜听春雨，深巷明朝卖杏花。"

没想到小岚还是没被难到，脱口就接上："去年元夜时，

花市灯如昼。"

王一川心想这小女孩太不简单了，怪不得被喻为"智慧公主"。他思考一会儿，想到了一句："商女不知亡国恨，隔江犹唱后庭花。"

小岚这时好像也有点"词穷"了，想了一会儿，才想到一句："桃花潭水深千尺，不及汪伦送我情。"

王一川咬着下唇，苦苦思索："噢，有了，竹外桃花三两枝，春江水暖鸭先知。"

小岚皱着眉想了好一会，突然想到了："春色恼人眠不得，月移花影上栏杆。"

王一川有点不住气了，挠挠脑袋，脱口而出："人闲桂花落，夜静春山空。"

"啊，王先生这句刚才小岚公主说过了。"朱莉提醒说。

"啊！"王一川一愣，回答节奏一下子被打乱，他只觉得脑子一团糟，什么都想不起来了。

要命的计时声音又响了起来："咚、咚、咚、咚……叮！"

朱莉舒了一口气，说："好，时间到了！王先生，第一场比赛，小岚公主胜。"

台下掌声经久不息，为小岚和王一川的精彩表演叫好。

王一川朝小岚伸出手，由衷地说："恭喜公主！佩服佩服。"

小岚笑着说："你也很棒啊！要不是你不小心重复了一句，打乱了自己阵脚，这第一场还没那么快结束呢！"

朱莉笑容满面地看着观众："刚才的飞花令，精彩不精彩呀？"

"精彩！"台下撼天动地般回应。

朱莉又问："紧不紧张呀？"

"紧张！"观众们拼命喊道。

朱莉点点头："好，我们马上让精彩延续。第二场跟第一场稍有点不同，是'超级飞花令'。超级飞花令是答题选手只有两秒的考虑时间，如果两秒内回答不出来就算输。这一场以'春'字为关键字，小岚公主先手，开始！"

台下观众都屏住气息，生怕影响了选手。只有两秒时间考虑，太难了。这时选手开始答题了——

小岚："爆竹声中一岁除，春风送暖入屠苏。"

王一川："不知细叶谁裁出，二月春风似剪刀。"

小岚："春潮带雨晚来急，野渡无人舟自横。"

王一川："池塘生春草，园柳变鸣禽。"

小岚："春蚕到死丝方尽，蜡炬成灰泪始干。"

王一川："春风又绿江南岸，明月何时照我还？"

小岚："春花秋月何时了，往事知多少？"

王一川："落花满春光，疏柳映新塘。"

小岚："国破山河在，城春草木深。"

王一川："蜂蝶纷纷过墙去，却疑春色在邻家。"

小岚："芳树无人花自落，春山一路鸟空啼。"

王一川："春阴垂野草青青，时有幽花一树明。"

小岚："等闲识得东风面，万紫千红总是春。"

王一川："红豆生南国，春来发几枝。"

小岚："好雨知时节，当春乃发生。"

王一川："落红不是无情物，化作春泥更护花。"

小岚："绿杨烟外晓寒轻，红杏枝头春意闹。"

王一川："沾衣欲湿杏花雨，吹面不寒杨柳风。"

小岚："满园春色关不住，一枝红杏出墙来。"

王一川："春种一粒粟，秋收万颗子。"

小岚："羌笛何须怨杨柳，春风不度玉门关。"

王一川："野火烧不尽，春风吹又生。"

小岚："……"

小岚脑子好像一下子卡住了，脑子正飞快地搜罗着诗句，这时听到"咚、咚……叮"，噢，限定时间到了。这一局小岚输了。

"哗啦啦……"掌声惊天动地，经久不息。

真是一场难忘的精彩表演啊！

小岚和王一川在只有两秒时间思考的情况下，把二十二句带"春"字的诗词，有如行云流水般、自然流畅地背了出来，太厉害了！

等掌声慢慢停下，朱莉笑嘻嘻地说："哇，两位真是棋逢对手，将遇良才啊，小伙伴们都惊呆了。要是我们以后有幸举办诗词大赛，一定请两位再来一展才华！下面先请两位回到座位。"

小岚和王一川朝观众挥挥手，一个回了选手区，一个回了嘉宾席。

第 20 章
冠军！冠军！

"好，大家期待已久的终极决赛到来了。今天已进行的两场比赛，乌莎努尔队和陀罗队各胜一场，所以下面的一场是决胜负的关键一场，将决定冠军的产生，也将决定我们期待已久的'中华文化书院'设在哪一国。好紧张啊！"朱莉拍拍胸口，又说："今天第三场，我们准备……"朱莉说到这里，用手掩了半边嘴，说："悄悄告诉你们，本来今天编导哥哥想了一个鬼主意刁难选手的，但因为怕被人揍，所以改了主意……"

"哈哈哈……"台下一阵哄笑。

之前第二场比赛播出后，编导哥哥一不小心还出了名呢！观众都知道他"拉仇恨"的事，一提起就很开心。

朱莉接着说："这场比赛，我们采取目标计时两队积分赛，以全队总成绩决胜负。每个队仍然分三组，每组猜六个成语，三组全部完成用时较短的队伍获胜。基本规则跟之前的一样，在描述过程中只能用题目成语的释义、典故、使用情状对题目进行提示，不能出现题目中的任何一个字，不能用任何口型提示，也不能用其他语种的同义词提示。描述用语中出现题目字时即为犯规。允许负责描述的选手有一次跳过和一次犯规的机会。"

选手区里顿时议论开了，这次的比赛规则需要考验每个选手的实力啊，如果有一个人不行，就直接拉低全队成绩。

两队的队长都简单地给自己队员作了赛前动员演说，很快朱莉就宣布比赛开始，上一场获胜的陀罗队先比赛。

鲍瑜为了安定队员的情绪，她和刘易首先上场，争取好成绩，给后面两组队员增加点信心。

刘易释词，鲍瑜猜词。刘易看着要猜的成语提示说："一只会汪汪叫的动物，依靠自己主子的力量，去做不好的事情。"

鲍瑜想了想，很自信地回答道："狗仗人势。"

"对了！"刘易很开心，紧接着又提示第二个成语，"下

一个，指一定要走过的那条道。"

鲍瑜侧着脑袋想了一会儿，答道："必由之路，必经之路。"

"第一个对！"一连两个成语都顺利猜到，刘易也显得信心满满的，他又提示下一个成语："下一个成语的意思是……如果我叫你做我女朋友，别人一定说我是什么？"

鲍瑜瞪了刘易一眼，心想这家伙竟敢出言冒犯，回去敲他，她咬牙切齿地说："异想天开，不自量力。"

台下哄地一片笑声。

刘易有点尴尬："不是不是，不是这两个。"

鲍瑜又凶巴巴地朝刘易说了一个成语："白日做梦！"

台下笑得更厉害了。

见到刘易摇摇头，鲍瑜又再说了一个："想入非非。"

"哈哈哈哈……"台下笑声更响。

"猜对了！"刘易有点脸红耳赤的，他努力集中精神提示下一个成语，"别人帮了你，你反而害人家。"

鲍瑜皱眉想了一会儿，回答说："忘恩负义，恩将仇报。"

"第二个对。"刘易这时已经恢复了好状态，他马上提示下一个成语，"形容孙悟空飞上天空的一个词……"

鲍瑜想也没想就答道："腾云驾雾！"

"对！"刘易很快说出又一个成语的提示，"在古代建筑大师面前舞一把劈柴用的利器。"

鲍瑜眨眨眼睛，一点不犹豫地说："班门弄斧。"

"猜对了！"主持人朱莉宣布说："五十九秒六个词，这组成绩很不错，陀螺队，继续努力。"

接着是陀螺队的高斯和马丽组合上台。高斯看着成语想了一会儿，然后看着马丽说："大自然里，一种流动的东西下去了，一种硬硬的东西露头了。"

马丽想，流动的东西肯定是水，硬硬的东西是石头吧，她脑子里灵光一闪，答道："水落石出。"

"耶！"高斯兴奋地喊了一声，"下一个，指一个人贪食又不想劳动。"

马丽猜道："好逸恶劳！"

"不是不是！"高斯拼命摇头，又提示说："贪食！"

马丽明白了，立即回答："好吃懒做！"

"对了！"高斯兴奋地捏捏拳头，"下一个的意思是，把两者的地位摆反了。"

"把两者的地位摆反了？"马丽苦苦思索着，又答道："颠倒黑白？"

"不是。跟分量有关的。"高斯看着成语"轻重倒置"，

不知道用什么解释轻重两字，挠挠头，纠结了一会儿，手一挥，"跳过！"

高斯和马丽这组搭档本来很不错的，猜题也很快，可惜猜第三个成语时被难住了，耽误了时间，所以用了一分三十四秒。

陀罗队的最后一组麦克和安琪组合上台比赛。麦克说："形容一个人迷迷糊糊只想往床上躺，极其疲劳或精神不振。"

安琪回答了一串的成语："无精打采、昏头昏脑、萎靡不振……"

见安琪一个也没猜对，麦克着急地说："往床上躺！"

安琪也急了："往床上躺？睡觉？昏昏欲睡！"

麦克松了口气，说："对了！下一个，形容局势或斗争的发展已到最后关头。"

安琪："你死我活。"

比赛结果，麦克安琪这组猜六个成语用了一分二十秒。

朱莉算了算，说："陀罗队比赛完毕。他们整队用的时间是三分五十三秒！"

成绩不错。台下的观众都给予热烈的掌声。

朱莉看着乌莎努尔队的座席，说："好了，下面轮到乌莎努尔队了，现在就看你们是否能用少于三分五十三秒的时间，猜到十八个成语了。如果能的话，就可以成为这次成语大赛的冠军。如果不能的话，那冠军的殊荣就会属于陀罗队。生死就在这一战，你们加油啊！"

"加油！"六只手叠在一起，六个声音喊出共同的一个词。乌莎努尔队信心满满的。

第一组徐昆林悠悠组合上台了。徐昆低头看着平板电脑上的成语，说："曹植做的流传最广的一件事。"

林悠悠脱口而出："七步成诗。"

"哇，这小女孩太厉害了！"台下发出阵阵的惊叹声。

徐昆拍拍自己胸膛："我长得……"

林悠悠快嘴快舌地答："人模狗样。"

哈哈哈，观众笑翻了。徐昆朝不满地朝林悠悠喊："是褒义词，最前面的字是阿拉伯字首字。"

林悠悠好不容易忍住笑，又猜道："一表人才？"

徐昆这才高兴起来："对了！下一个，大地像被火烧过一样。"

林悠悠猜道："不毛之地，寸草不生。"

"寸草不生对！"徐昆兴奋地提示下一个成语，"指一种人，对坏人讲仁慈，不分善恶，到头来自己吃亏。第一

个字是方位词。"

"方位词？东南西北。"林悠悠眼睛一亮，答道："东郭先生！"

"耶耶！对！"徐昆把拳头举向空中，嚷道。

徐昆林悠悠组合状态大勇，只用了一分零八秒便猜了六个词。

乌莎努尔队第二组合巴东巴西上台。

巴东看着自己弟弟，提示说："这个成语指一支队伍被打得七零八落。"

巴西用食指点点头顶，想了一会儿，答道："一败涂地。"

巴东摇摇头，说："七零八落，没有作战队伍该有的样子。"

巴东这句话给了巴西很好的提示，他马上回答道："溃不成军！"

"对！"巴东接着看了看平板电脑上的成语——新仇旧恨，不由皱起了眉头，他搜索枯肠地想着怎样描述，"这个成语是说以前的怨加上现在的怨，已经成为很深的怨。"

巴西有点摸不着头脑："以前的，现在的，什么呀？"

巴东又提示说："第一个字和第三字是反义词。第一个字是……你买回来刚穿上的衣服，又叫什么衣服？"

"新衣服。"巴西灵机一动，"新仇旧恨？"

"对！"巴东又低头看电脑，上面显示出成语"一心一意"，"下一个，只有一个选择，没有别的考虑。"

叮！犯规提示音响了。

朱莉提醒说："巴东说了'一心一意'中的'一'字。"

巴东一拍脑袋。

巴西忙说："哥哥别慌，继续。"

巴东定了定神："下一个成语的意思是，这件事令人不能忘记，总是记在心中。头两个字是一样的。"

巴西猜道："念念不忘。"

巴东摇头："不是。"

巴西挠挠脑袋，想了一会儿，答道："牵肠挂肚？"

"哎呀，你又忘了！"巴东急了，"头两个字是一样的！"

"噢噢噢！"巴西拍拍脑袋，又猜，"耿耿于怀？"

巴东激动地拍了一下手："没错，对了。"

尽管接下来巴东巴西兄弟急起直追，但还是用了两分零三秒的较长时间，才猜对六个成语。这就是说，最后一组，要用低于四十二秒的时间，猜完六个成语。超级难啊！平均七秒就要猜到一个成语！

"公主加油，晓星加油！"

"加油加油加油……"

全场一片喊加油声。

小岚站起来朝观众挥挥手表示感谢，然后拉着晓星上台去。她的性格本来属于遇强越强的类型，这时不但不紧张，反而斗志满满的，她边走边对晓星说："不就四十二秒六个词吗？咱们不怕！咱们一起创造奇迹好不好？"

晓星心里其实挺害怕的，呜呜呜，四十二秒六个词，宝宝做不到，做不到啊！但听了小岚的话，他觉得信心回来了，有小岚姐姐在，没什么可怕的！他胸膛一挺，说："好，咱们一起创造奇迹！"

两人手拉手走上台。

"最紧张的时刻到了。到目前为止，成语赛都没有过四十二秒猜六个成语的纪录。"朱莉看着刚上台的两个选手，问道："两位有信心创造这个纪录吗？"

小岚说："主持人姐姐，让我们用行动来回答你的问题吧！"

朱莉笑着说："好的好的！下面，计时开始。"

晓星看了电脑上的成语一眼，就马上说："最长的腿。"

小岚几乎是立即回答："一步登天。"

"对！"晓星又马上提示下一个成语，"我在你面前，只能……"

小岚毫不犹豫地："自认倒霉，甘拜下风！"

晓星乐了，笑着说："第二个对。我常说自己的外形是……"

小岚哭笑不得地瞪他一眼，答道："英俊潇洒、玉树临风。"

"哈哈哈……"晓星乐坏了，"第一个对。下一个，噢，我说自己英俊潇洒，这种行为真是……"

小岚喊道："恬不知耻！"

台下观众全都捧腹大笑。"对了。"晓星也笑着，还真是"恬不知耻"的。他继续提示下一个成语，"一只象看上去是什么？"

小岚以一秒时间思索，然后回答："庞然大物！"

"哇，对！"晓星继续提示下一个，"我打姐姐。"

小岚脱口而出："同室操戈！"

晓星激动地跳了起来："对！对！对！我们创造奇迹了！"

场上计时器停在三十六秒上，小岚晓星组用三十六秒猜到六个成语，创造了奇迹！

晓星激动地跑过去拥抱小岚，选手席里的乌莎努尔队

员也都跑上了台，大家抱在一起，笑着，跳着，叫着。

全场掌声、欢呼声，震天动地。

胜利了，乌莎努尔队胜利了，他们拿到青少年成语赛的总冠军。乌莎努尔人在鼓掌，为他们国家的冠军队伍感到骄傲。

陀罗国国王在鼓掌，除了为中华文化书院未能建在陀罗国而惋惜外，他觉得乌莎努尔队的确胜人一筹。

鲍瑜带着她的队伍在鼓掌，为乌莎努尔队的优秀而表示衷心祝贺。虽然没有拿到奖杯，但收获了友谊也很棒呀，她根本把莫邪的嘱托忘记了，或者是根本就不放在心上了。输了就输了，没有什么可记恨的，她不可以再陪着那小心眼的表妹折腾。

万卡国王也在鼓掌，一向少年老成、严肃的脸上，此刻笑得嘴巴都快咧到耳根了。我的队伍好棒，我的小公主好棒！

第 *21* 章
谁在喊救命?

几天之后。

蓝天、白云、沙滩、海浪,戏水的游客,玩沙子的小孩,追逐的年轻人,晒太阳的老人家……构成了一幅充满动感的夏日海滩风情画。

"救命啊……"咦,哪里发出了这种违和的声音? 啊,原来是从沙滩上的两颗脑袋发出的。

两颗脑袋,好诡异啊,别说得那么可怕好不好! 但是没错,沙滩上只有两颗没有身子的脑袋,而叫救命的声音的确是从那两颗脑袋的嘴里发出来的。

沙滩上为什么有两个没有身子的脑袋? ! 让我们来个

案件重演吧！

　　原来，古灵精怪的晓星，伙同他新收的小狗腿林楝楝，欺负花美男黄飞鸿，把一条高度仿真的假蛇扔到黄飞鸿身上，把黄飞鸿吓得"花容失色"。小姐姐们同情花美男，就替他报仇，把两个肇事者用沙子埋在沙滩上了，只留下两个脑袋露在外面。

　　被温暖的沙子埋着，一开始还蛮舒服的，晓星和林楝楝可得意了，两人晒太阳、哼歌儿，优哉游哉。可过了一会儿，看到小伙伴们在游泳、冲浪，他们也跃跃欲试，这时候才发现，他们起不来了。

　　见到不知是巴东还是巴西拿着救生圈从身边跑过，晓

星急忙大喊："巴东巴西，帮我！"

不知道是巴东还是巴西对他扮了个鬼脸，跑过去了。

一会儿又见到花美男黄飞鸿慢悠悠地走过，林棣棣又喊："黄飞鸿，救我救我！"

谁知道花美男余气未消，朝他们扮了个鬼脸，然后大摇大摆地走开了。

晓星和林棣棣这对难兄难弟只好大眼瞪小眼，然后无语望青天，等候救援。

偏偏要命的是，这时候随风飘来一阵奇香，原来是小岚和晓晴还有徐昆他们一班人，在不远的地方烧烤呢！涂上美味调料的烤鸡翅，烤鱿鱼，烤鱼蛋……各种不同的香味，令晓星和林棣棣口水直流，恨不得马上跑过去，左手一只鸡翅，右手一串鱼蛋，吃个痛快。

正在晓星饱受折磨时，他见到不远处的公路上缓缓停下了一辆黑色轿车，有个保镖模样的小伙子从副驾驶座跳下来，拉开后面车门。一个有着大长腿、身姿挺拔的年轻男子下了车。

哇，救星来了！

"万卡哥哥，救命！"晓星拼命大喊。

万卡为了奖励一班在成语大赛中创造好成绩的少年男

女，特地送他们来乌莎努尔最美丽的海滩玩几天，而他也尽量快速处理完手上工作，赶来凑热闹。

"晓星，又闯祸了？"万卡见到晓星和林棣棣的狼狈相，不由得笑了起来。他吩咐陪同来的几名侍卫，把两个倒霉孩子从沙子里拉了出来。

晓星抱着万卡的手："万卡哥哥，你最好了，姐姐们都不好！"

刚好小岚拿了几串烧烤过来，听到晓星的话，便把手里的烧烤分别给了万卡和林棣棣，还有侍卫们一人一串，就是不给晓星。

"小岚姐姐，给我一串。"晓星厚着脸皮问小岚要吃的。

"你不是说姐姐们不好吗？还有脸问我要！"小岚瞅了他一眼。

"小岚姐姐好，小岚姐姐最好了……"这家伙真是为了吃，什么都做得出来啊！

小岚可不买他的账，把头一扭："哼！"

还是万卡不忍心，笑着把自己那串鸡翅膀塞到晓星手里："以后别再惹姐姐们生气了。"

没有回答，只是响起了"啧啧啧啧……"的声音，原来贪吃鬼晓星已经拿着鸡翅膀大啃起来了。